Scorpio

天蝎座

10月24日-11月22日

林小仙　著

天蝎座
#攻星记#
Scorpio

笑起来像个孩子，
冷起来是个谜

中国出版集团　　现代出版社

爱就疯狂，不爱就坚强，不必伪装，不用说谎，懂你的人会喜欢你所有的模样。愿你保护好那明眸皓齿的微笑，愿你成为自己的太阳，无须凭借谁的光。

你再也不想对谁说："能不能陪我走到最后。"你再也不会对谁说："能不能陪我一起哭笑着扛下一切。"

因为你知道，这条路，只能你一个人走。能陪你的也只有你自己。疯狂的或安静的，都是那一个你，你不是两面派，只是有一点复杂而已。

对于朋友，你重质不重量，要求高度知心。所以你宁可孤独，也不违心。

对于爱情，你宁缺毋滥，宁可抱憾终生也不将就，你知道，一旦将就，会误了自己，也误了对方。

在你风流不羁的言行下，执着地追求着一种宗教般的爱情信仰。

你是世界上最复杂的人，内心具有高度的责任感、忠诚、自律以及矛盾。

你时而浪漫儒雅，时而风趣超脱，时时刻刻保持着一种奇异诱人的容貌气质。

被你伤过的人通常都患了一种感情慢性病，想治愈，却总不彻底，其实那是因为你留给他的爱恨太深了。

如果有人一不小心爱上了你，请宽容他，你其实更喜欢在没有压力的世界里生活。

如果你已经不爱他了，何必还怨恨，爱都没了。

你给不了别人平淡的爱，若不是全部，就是没有。

你拥有的执着是一块顽固坚硬的大石，任何强大的武器都无法击碎它，就算全世界反对你，你也不会退后。

能让这块顽石出现缝隙，只需要你在乎的人的一滴眼泪，击毁的不仅是你本身，更是你内心的整个世界。

当爱情来临，你会变得幼稚、简单。

你会无缘由地去牵挂一个人，牵挂他吃得好不好，睡得好不好，关心他心情好不好，不管别人怎么说他的坏话，在你心里他就是完美无瑕。

他喜欢的，你也学着关注、喜欢，愿意每天看到他。看见他和别的异性在一起，你会生气会妒忌，希望他的眼里只有你。

在友情面前，你会耍赖，也会顽皮。你喜欢动画片，边看边笑，笑起来足以融化冰山。

如果有人说你阴沉、坏、毒，那只是他没发现你的好、你的单纯。你也爱做王子公主梦，有时候很臭美，但也很聪明。

不过，当你发现有人背叛你，后果就会真的像别人说的那样，你擅长报复。

如果你还爱着那个人，你会一边折磨他，一边无可避免地折磨你自己。

你的专一、执着体现在生活中，就是呆萌。

你用手机聊天时会把电影暂停、工作时不知道听的是哪首歌、思考时不知道别人在说什么……因为你的注意力只能集中在其中之一。

你更不会去花心，因为你喜欢简单，脚踩两只船对你而言是非常麻烦及复杂的事情，也不可饶恕！

　　你只是懒得去做，并不是你魅力不够。

　　亲爱的，如果想走出阴影，那就面向阳光；如果想告别懦弱，那就在历练中慢慢坚强；

　　如果想保鲜爱情，那就在奋斗中改变原先模样；如果想摆脱平凡的生活，那就在努力中高傲飞翔。

　　你要知道，没有哪件事，不动手就可以实现。

　　这世界虽然残酷，但只要你愿意走，总会有路；如果退缩，就只剩下伤感。

不笑不代表我不开心，笑了不代表我对你有感觉。

Scorpio

目　录

第一辑　你笑起来，真像好天气

第二辑　不是温柔的人，却做尽了温柔的事

第三辑 办不到的承诺，就成了枷锁

第四辑　不随便开始，不急着妥协

第五辑　等你发现时间是贼了，它早已偷光你所有的选择

第六辑　怕别人不懂，又怕被人看穿

第一辑

你笑起来，
真像好天气

天蝎的外表是冷酷的，也不太爱说话，所以给人的感觉都是
神神秘秘的。但正是这种神秘让天蝎充满魅力。

天蝎可以让你觉得他很执着、体贴，也可以让你瞬间失控，
他是一种看不清、摸不透，又吸引着你的特殊存在。

如果天蝎看到你就笑，那么原因只有两个：要么是你傻乎乎
的样子让人想笑，要么是他喜欢上你了。

你 的 眼 睛 会 笑 ，
弯 成 一 座 桥

天蝎性格很含蓄，喜欢你往往也不明说，而是默默地注视着你，为你做一些事情。

天蝎的性格也有主动的一面，可能他会到处去制造与你的巧遇，你可能会慢慢眼熟他，但他绝对不会告诉你，我是为了你才绕了一大圈来见你的。

天蝎保留着人类某种原始的东西，看起来非常孩子气，天蝎的纯朴和真诚可以很好地打消他们在别人心中不好的印象。

笑起来像个孩子，冷起来是个谜

我是个经常笑的人，可是我不是经常快乐，
很多时候当我感到悲伤，泪水还没来得及涌上来，
笑容已经爬上了眼角眉梢。
我对我喜欢的人才会生气，
对不喜欢的人只是微笑。

猫喜欢吃鱼，可猫不会游泳。鱼喜欢吃蚯蚓，可鱼又不能上岸。上帝给了你很多诱惑，却不让你轻易得到。

但是，总不能流血就喊痛，怕黑就开灯，想念就联系，疲惫就放空，孤立就讨好，脆弱就想家……

上天赋予我们生命的同时也给了我们许多坎坷。正是因为这多多少少的挫折，我们可能会伤心、难过，但我们却不能够停止微笑。

一个轻松的微笑，一道美丽的弧线，既表示了乐观，又表达了坚强。跨越了任何的沟沟坎坎，无论身处任何复杂的场面，只有微笑的生命才能战胜一切。

成熟了，就是用微笑来面对一切。

无论你是伫立在高高的顶峰，还是徘徊在失落的低谷。

微笑着的人并不是没有伤心难过的时候，只不过他们把痛

苦锤炼成绚丽的乐章；微笑着的人并非没有挫折，只不过他们把挫折当作前进的动力。

一个时常抱怨生活的艰辛与无奈的人，他肯定是一个连微笑也吝啬的人。

也许，我们学会了太多宽容自己的字眼，却舍不得给别人一个会心的微笑。

当我们一点点地长大时，我们已学会用冷漠面对世界，内心的那份灿烂却不小心失落了，失落在考试之后的名次里，失落在意见不同的争执里，更失落在内心的不满里。

只要心情是晴朗的，人生就没有雨天。给自己一个微笑，无论你过去做了什么，将来即将做什么，生活中依旧有许多值得感恩的，给自己一个微笑，是对自己的一个肯定，也是对未来的一份期许……

生活，就是要时常给自己找一个微笑的理由！

一个微笑，能降低你在灾难与挫折面前的懦弱与恐惧。笑着去面对生活，一切将会变得从容许多。

当我们发自内心地微笑时，就在那一刻，我们从内往外就

天蝎从来都是表面不动声色，内心却早就已经跋涉到十万八千里之外了。天蝎要是对你有好感，你给的感动他都知道，但从来不会让你知道他知道。

Scorpio

会突然变得婉约可人。

内心的灿烂，足以淹没委屈和不满。多少的不快乐顿时成为过眼云烟，也只有在那一刻，我们敢回头对那些我们不喜欢的人微笑，对批评我们的人体谅，对恼怒过的人轻言。

有人说，生命像一朵花，乐观者预祝它结出甘甜的果实，悲观者会担心它会散尽短暂的花香。

对于每个人来说，那些像空气一样充溢在身边的快乐才是最重要的。

每天给自己一个微笑，大地会对你微笑，天空也会对你微笑，世间万物都会对你微笑，让一天快乐地开始，也欢乐地结束。微笑的力量是巨大的，微笑能让你对自己充满信心；微笑能让你保持好心情；微笑能让有矛盾的人重归于好；微笑能让烦恼通通地远离你，预约微笑吧，保持好心情！

其实，越是严肃的事情，越不能严肃地对待。怀抱着严肃的目的去做一件严肃的事情，就会变得无比的傻。全想着利益、目的和重要性，你就一定办不好它。

生活和电影里的坏人一样，你千万不能怕它，不能毕恭毕敬。你对着它微笑的时候，它就会顺从你，显得像个喜剧了。

笑起来像个孩子，冷起来是个谜

如果天蝎看到你就笑，那么原因只有两个：要么是你傻乎乎的样子让人想笑，要么是他喜欢上你了。

Scorpio

笑一个吧！在不加修饰的黑白世界里，笑容更是逾越种族、年龄、衣着，美于任何附加的绚烂颜色。生活因微笑而美丽！

记恨最大的坏处，是拿痛苦来继续折磨自己，把人格弄得越来越扭曲。多数人不敢在明处复仇，于是都在暗地里攻击，不知不觉间，把自己变成一个活生生的小人。

不要轻易去爱，更不要轻易去恨，让自己活得轻松些，让青春多留下些潇洒的痕迹。你是快乐的，因为你很单纯，你是迷人的，因为你有一颗宽容的心。

人生就是一场单程的旅行，即使有些遗憾，我们也没有从头再来的机会，与其纠结无法改变的过去，不如微笑着珍惜现在。因为生活，没有如果。

天蝎总是嘴里说着让你走开，心里却一直叫你留下。假若他不喜欢，就不会在乎你、关心你，也不会对你发火，不会冲你撒娇，让你哄他……如果天蝎不喜欢你，他在你面前永远是冷淡、矜持、有礼有节的模样。

Scorpio

犯了错的人，
都有自己的泥沼

天蝎座是个固执型人格的代表，他根本就不知道放弃是什么，除非是他自己发现这东西不值得。

天蝎的自尊心很强，他们懂得原谅，无数次地试着原谅别人，就算别人让自己千疮百孔，他也会无条件地试图去宽容。

天蝎总是以自我为中心，但这不代表他只顾考虑自己，只不过是他优先考虑自己的感受而已。

对天蝎而言，最难的事情不是原谅别人，而是原谅自己。尤其是自己犯错在先时，天蝎会陷入很深的自责之中。

笑起来像个孩子，冷起来是个谜

无论怎么样，
一个人借故堕落总是不值得原谅的，
越是没有人爱，越要爱自己。

　　人生最难跨过的一关，是自己那一关。唯一能够阻碍你追寻幸福的，也是你自己。

　　在这个世界上，有许多没来由的伤害乘虚而入，因为太痛，所以你不忘，也不敢忘，旧伤疤没有愈合的一天，那上面叠满了你亲自留下的新鲜伤口，而你竟然在那强烈的痛楚中，才深刻地感觉到自己真实地存在。

　　总是有很多人安慰你："没有什么事情是过不去的。"的确，所有的事情都会过去，过不去的，是你被撕扯得千丝万缕的心情。

　　很多事情过去了，但你仍然不明白，仍然想扭转情节，仍然想改写结局，更多时候，你只是想记得，不想忘记。

　　没有人喜欢深陷在痛楚中，却有人难以拒绝痛楚的诱惑。

　　因为痛楚让你感觉到自己真正地存在，痛楚是一种刺激，激发出你心底最深层的憎恨与悲伤，你像是要毁天灭地那样地哭、那样地愤怒。过去你竟然从未这么深刻地存在过，整个世界仿佛绕着你癫狂的情绪打转，整个世界只有你。

有人问智者，为什么很难原谅别人？很难放下过去受到的伤害？

智者回答说："因为你不肯放下，所以那些人、那些伤害便成了你拥有的全部，你不断拨弄着你的旧伤，以便它们在你的记忆中保持新鲜，你从不想让它们被疗愈。"

你相信吗？疼痛是会上瘾的。从它在你的眉心劈下那一刀后，转身离去之前，你自己已经将那把利刃捡起，架在心上。

被母亲遗弃的孩子，选择不停回想母亲临走时无视自己的哀求，坚决转身的那一刻；看到男友一边抽烟一边满不在乎地说"其实我本来就没爱过你"的女孩，则疯狂地在脑海重播那句足以剜破心肝的话语。

在恍惚的梦境里，在日常生活里，你不断重返被伤害的时刻，如同反复播放一盘录像带，从那千百次调阅的影像中，想找出一点点蛛丝马迹，是否在伤害发生之前已然有所征兆，或者还有一丝挽回的机会。

这个艺术品名字叫等待。

天蝎在等一个可以懂他的人——不论是友情，还是爱情，天蝎的态度是，不随便开始，也不急着妥协。

ScoOrpio

天蝎的感性一直都强于理性，所以很多时候，天蝎会不计代价地去完成自己的目标。一个理智的天蝎是可爱的，问题是天蝎的理性一直都无法战胜感性——在理性上的把持不定是天蝎的一个硬伤。

可是一切都来不及了。信任犹如粉尘被风吹散，自尊像是地面上的积水，太阳一照便蒸发无踪，破碎的爱与信仰只是过去遗留的回音。

到那时候，你突然发现，那片刻生命崩塌的记忆，竟然成为你唯一能够保留下来的物事。

原来只要不停重回那一刻，就没有来不及的问题。

于是你立起招魂幡，一次又一次召唤往事，任凭不堪的记忆穿透灵魂。在强烈的痛楚中，你心中的记忆一次比一次鲜明。

你自残千百次，只是为了记住他伤你的那一次。

或许是，你心知自己禁不起第二次的大意引来的悔恨，禁不起第二次被深深信任的人伤害。为避免重蹈覆辙，你逼自己不能忘怀曾经像无助的青蛙，仰躺在桌上，让解剖刀将你开膛破肚。

渐渐地，你不愿再向外界伸出手，生怕又有人会在上面划下见骨的一刀，你躲在过去的受伤记忆里，有种奇异的安全感。

你已经复习过千百次那个画面，脚下的柏油路旁有青草长出，远处天空有一片乌云飘来，还没被点亮的路灯垂着头看你……被伤害的当下如同一场 4D 电影，你比谁都清楚每一个细节，比谁都明白下一步即将发生什么事。

一切都在你的预想之内。包括再一次重返现场的痛楚。

可是对你来说，这远比再被突如其来的伤害重击一次来得要好。

到最后，你根本搞不清楚，为什么那个人当年划下的那一刀，过了五年、十年，甚至二十年后，还是汩汩地流着血，等不到愈合的那一天。

事实上，有许多伤害本来就是一次性的，可是因为有了你的允许、你的执念，它才能像把锯子不断地在你心上拉扯，而紧紧抓着那把锯子不放的人，其实是你自己。

能 够 哭 就 好，
哭 是 开 始 痊 愈 的 象 征

你来，你是我的全世界。我可以呵护你，爱护你，让你感受到双倍的温暖。但是你走，我一定斩草除根，让你寸草不生。这便是天蝎座的爱情观。

天蝎座是一个爱憎分明的星座。他们的爱与恨，他们的人生观，他们的生活方式，都充满了"强烈"的色彩。他们习惯于强烈的爱和恨，强烈的追求和索取，而这些强烈的成分，也使天蝎座变得倔强且坚强。

雨水落下来是因为天空无法承受它的重量，
眼泪掉下来是因为心再也无法承受那般的伤痛。

从前以为，人在最绝望时会撕心裂肺地恸哭，后来才知道，目光空洞的沉默不语才是真的心死。

最重要的人离开了，最重要的事情搞砸了，你安慰自己没关系，可这让你深深地感受到了什么叫失去，你嘴里虽然说自己没有哭，但脸上都是泪。

其实，能哭出来便是治愈的开始，一味的沉默才是心底最大的哭声。

有些事，会让你用眼泪哭；有些事，会让你埋在心底里哭；有些事，会让你整个灵魂哭。

我们每一个人，都会遇见绝望和痛苦，所有人都会哭，而流泪往往不是最伤心的。你可能心哀若死，却面无表情，枯坐了几天，才突然哭出来，泪水流下时，你才是得救了。

眼泪是心里的毒，流出来就好了。

你曾一度将自己浸泡在别人制造的温暖回忆里，咬着唇不让自己哭出来。你怕视线模糊了，看不清楚别人微笑走来的样子。你怕眼泪流出来，会浇灭那微弱的花火。你怕幸福转瞬即逝，与他渐行渐远。所以你睁大眼睛，仔细地等待。

　　你害怕自己忘不了，却更怕自己真的忘掉。
　　你可以自己跑到一个人的地方躲起来，然后自己舔舔伤口，自己坚持。可是一旦被他嘘寒问暖起来，你就会忍不住哭出来了。
　　后来，你也终于明白：那些说不出来的，最终都会哭出来。

　　是什么时候开始，学着不再哭泣的？哪怕是在痛极的时候，也只是一味的冷笑，强忍着要落泪的冲动，将眼中的那些雾水，一寸一分地强压下去。
　　你是不是也想回到多年以前，那样小而柔软的身体，窝在妈妈的怀里，咬着手指偷笑的年幼时光。

因为那时候，只是因为一块糖果，只是为一件小小的玩具，只因隔壁的小朋友喊你一声"小不点"，只因为母亲讲话的声音稍大声了些，便可以哭得惊天动地，那样肆意畅快地流泪啊，毫无顾忌。

人越成长，背负的东西便也越来越多，在成长的过程中，我们丢弃了很多，比如童真、热情，还有眼泪。

当我们慢慢长大，有一天我们居然失去了可以痛快地流泪的能力。这是不是一种莫大的悲哀呢？

你总是习惯将自己深深地埋在孤独里，放在一个不为人知的角落。累极，痛极，却不能出半声。因为你怕伤害到别人，更怕惊扰到别人。

于是，你忍着，再痛也不可以出声，用看上去的"坚强"来武装自己的表情，装做什么事都无所谓，那一副刀枪不入的样子，也只有自己才知道实际是多么的弱不禁风。

所有看似坚强的外表，只不过是自己缺乏安全感而生出的想要保护自己的一层保护色，如此而已。

但是，当这层保护色，非但不能保护到自己，反而会令自己受到那许多无谓的伤害的时候，这样辛苦的保护色是否还有存在的必要？

可不可以卸掉那看似坚强实则虚无的伪装稍事休息一下？你也不过是一血肉之躯，又能够承载多少负荷啊？

曾经我们都以为自己可以为爱情死、为梦想死，其实爱情、梦想是死不了人的。失去爱的人，看到梦想破灭，这些只不过是在最疼的地方扎上一针，然后我们欲哭无泪，我们辗转反侧，最后，我们久病成医，我们百炼成钢。

到最后，你终于明白这世间：流泪的并不是失败者，而是真正的勇士。

可不可以，试着给自己一个喘息的机会？如果痛了，就哭出来吧！因为如果不快点流干眼泪的话，就不能笑着面对明天了。

你 笑 起 来 ，
真 像 好 天 气

其实天蝎活得特别坦率，不喜欢虚伪，对自己不喜欢的人一丝一毫的耐心都没有，你爱干什么干什么，你不理我，我正好懒得搭理你呢。

融不进去的圈子就不要硬钻了，讨好不了的人就不要贴热脸了，得不到的东西就算了吧，活得云淡风轻没什么不好的。

笑起来像个孩子，冷起来是个谜

我总在同样的季节，
怀念曾经爱笑的你，和因此而温柔的我自己。

善待你遇到的每一个人，向他们微笑。

你不知道他们正在经历什么，也许他们今天正需要你的微笑，并会把它珍藏。

因为你笑起来的时候，让看到你笑的人觉得世界是美好的。你笑起来的时候，真像好天气。

懂得去笑，便会拥有一切。

在追逐梦想的时候会心一笑，你便得到了幸福；在失恋的时候能够轻轻一笑，你便得到了洒脱；在疲倦的时候舒心一笑，你便得到了安然；在吃亏的时候开心一笑，你便得到了豁达；在受委屈的时候坦然一笑，你便得到了大度。

在被误解的时候微微一笑，你便得到了素养；在无奈的时候大方一笑，你便得到了境界；在危难的时候泰然一笑，你便得到了大气；在被轻蔑的时候平静一笑，你便得到了自信。

如是而已。

爱笑的你，运气不会太差。因为你真诚的笑容，能悦人悦己，真正懂得微笑的人，总是容易获得比别人更多的机会，总是容易取得成功。

生活并没有拖欠我们任何东西，所以没有必要总苦着脸。应对生活充满感激，至少它给了我们生命，给了我们生存的空间。

笑是对生活的一种态度，跟贫富、地位、处境没有什么必然的联系。一个富翁可能整天忧心忡忡，而一个穷人可能心情舒畅；一位处境顺利的人可能会愁眉不展，一位身处逆境的人也可能会面带微笑……

一个人的情绪受环境的影响，这是很正常的，但你苦着脸，一副苦大仇深的样子，对处境并不会有任何的改变。相反，如果微笑着去生活，那会增加亲和力，别人更乐于跟你交往，得到的机会也会更多。

笑发自内心，不卑不亢，既不是对弱者的愚弄，也不是对那些强者的奉承。奉承时的笑容，是一种假笑，而面具是不会长久的，一旦有机会，他们便会除下面具，露出本来的面目。

当你在受到别人的曲解后，可以选择拍案而起，也可以选择云淡风清。

有时候过多的解释、争执是没有必要的。对于那些无理取闹、蓄意诋毁的人，给他一个微笑，剩下的事就让时间去证明好了。

在受到别人的误解后，也可以选择微笑，通常微笑的力量会更大，因为微笑会滋润人的心灵，你显露出来的豁达气度，让对方也会觉得舒服。

笑是发自内心的，是无法伪装的。保持微笑的心态，人生会更加美好。人生中有挫折、有失败、有误解，那是很正常的。要想生活中一片坦途，那么首先就应清除心中的障碍。

微笑的实质便是心中有爱。懂得爱的人，一定不会是平庸的。

沉默是害怕的借口，
傻笑是委屈的理由

要记住，天蝎这种生物，能不得罪的时候尽量不要得罪。倒不是真的说他们会把曾经的伤害实打实地报复回去，而是说他们会把你列入他们的人生黑名单的。

而且最关键的，也是最应该明白的，生气抓狂的天蝎不可怕，沉默的天蝎才是最可怕的。

天蝎对感情表现得很深沉，既要平淡且长久，也要浪漫和刻骨。天蝎不喜欢争吵，大多数情况下会用沉默来代替内心的不安。

笑起来像个孩子，冷起来是个谜

只要你愿意，
就会有一个方法；
只要你不愿意，
就会有一个借口。

你曾一度认为，沉默真好。可以假装什么都不知道，心里明镜似的，知道言多必失的厉害，但更知道不能把这种反感说出来，神情中更不能流露出来。于是，你便用沉默来防患于未然。

可是也只有你知道，不喊痛，不一定没感觉；不要求，不一定没期待；不落泪，不一定没伤痕；不说话，不一定没心声。

当你知道了许多真实、虚假的东西，就没有那么多酸楚了。你越来越沉默，越来越不想说。

我们总能被情绪牵引着，或哭或笑都像是掌控在别人手中。因为在乎，所以顺从，因为害怕失去，所以甘愿委屈。

当你微笑时，如果有人懂，你只希望那个人来握紧你的手，对你微笑就够了。当你哭泣时，如果有人懂，你只希望那个人能借你一个肩膀，静静陪你就够了。

当你委屈时，如果有人懂，你只希望那个人给你一个拥抱，让你只在他面前脆弱就够了。当你任性时，如果有人懂，你只希望他会包容你，因为是他，所以你才对他任性。

小时候看到别的小朋友哭，立马也能哭得撕心裂肺；大了后学会了去爱，却又在感情中丢失了自己。

世界上最难的事，莫过于在热闹之中按兵不动，在诱惑面前不忘初心。别偏激，按兵不动不是让你停滞不前，不忘初心也并非不可以放眼未来。

冷静，不是迟钝；沉默，不代表妥协。

有时候，你会发现，沉默是一种爱，是一种深刻而无悔的爱情，可以用一生来怀念。因为有些感情，它们深藏在你我的心里，只有沉默才能体现我们对它的尊重。

有时候，你会发现，沉默是一种药，尤其是当你的精神防线濒临溃败时，沉默可以让你全副武装起来。

受了委屈，本来不想哭，可是只要亲近的人一声"你怎么了"，就会忍不住地流眼泪。

其时，你很累了，你习惯假装坚强，习惯了一个人面对所有，你不知道自己到底想怎么样。

有时候你可以很开心地和每个人说话，可以很放肆，可是却没有人知道，那不过是伪装，很刻意的伪装。

再后来，你会发现，你本可以让自己很快乐，可是却找不到快乐的源头，只能是傻笑。

沉默可以代表你懂了，也可以暗示自己已经失望了。

比如，你曾经陆续喜欢过几个人，无论别人如何说这些人的坏话，自己就是不愿意相信，宁愿被人骂是傻子。

如果你也曾很认真地喜欢过一个人，你就能理解这种心情，不是不能接受事与愿违的真相，而是不愿意承认自己喜欢上这个人是一个错误。

后来你终于明白：一个人走不开，不过因为他不想走开；一个人失约，乃因他不想赴约，一切理由均属借口。

在时光的长河里，你终将慢慢长大，你不断地寻找生活的意义，到后来才发现，生活无非是有一群彼此照应的人，相互之间都是心甘情愿地陪伴彼此。在相聚的时候大笑，在分开的时候挂念，在对方面前，有彼此才知道的典故和笑话；在无聊的时候，可以找到发短信的人，即使有一天，终究还是要散落天涯。

可是曾经，生命交会过，为彼此的委屈伤心过，又在最悲伤的时候，忍住了伤心，彼此相伴地灿烂微笑。

人生似一束鲜花，仔细观赏，才能看到它的美丽；人心如江河，窄处水花四溅，宽时水波不兴。

谁都不甘心委屈地活着，但那些天天想要改变的现实，太多时候我们注定无能为力。但那些曾经解不开的疙瘩，可以慢慢地学会了系成一朵花。人生总有缺憾，接纳了，也就成熟了。

生活的最高境界，一是痛而不言，二是笑而不语。无论有多少委屈，一笑而泯之。

凡 觉 得 辛 苦 ，
都 是 强 求

天蝎从来都是表面不动，内心却早就已经跋涉到十万八千里之外了。他要是对你有好感，你给的感动他都知道，但从来不会让你知道他知道。

天蝎知道口是心非容易把一个人逼走，但就是放不下骄傲去留住一个人，他觉得"是自己的走不了，不是自己的留不住，何必刻意去强求呢?"

心甘情愿这四个字，
透着一股卑微，
但也有藏不住的勇敢。

当你遇到一件事，感觉无法解决，甚至已经影响到你的生活和心情时，何不停下脚步，多些思考，换个角度，换种方法，也许事情会简单许多。

一味地原地踏步、绕圈或太执着，只会让自己陷入痛苦深渊。

生命总有挫折，但那不是尽头，只是在提醒你：到转弯的时候了！

有时候你生气、愤怒、伤心，其实只是因为你所得到的结果和你以为的结果差得太远，你总是和自己在较劲。

成长的过程就像是手里拿着一大串钥匙去开门，有的人一下子就打开了，而有的人却是试了好几把也打不开，更悲催的是有的人全部试完了门还是紧锁着，因为拿错了钥匙。

成长是急不得的，你要相信现在的一切都是最好的安排，你现在经历的可能是别人正在企盼的。

你之所以活得累，就是想得太多。身体累不可怕，可怕的就是你心累。心累就会影响心情，会扭曲心灵，会危及身心健康。

其实每个人都有被他人所牵累，被自己所累的时候，只不过有些人会及时地调整，而有些人却深陷其中不得其乐。

生活不可能一帆风顺，开心是过一天，烦恼还是过一天，那为何不让自己开开心心地过上一天呢？

你之所以会烦恼，就是记性太好。该记的，不该记的都会留在记忆里。而你又时常记住了应该忘掉的事情，忘掉了应该记住的事情。

为什么有人说傻瓜可爱、可笑，因为傻瓜忘记了人们对自己的嘲笑与冷漠，忘记了人世间的恩恩怨怨，忘记了世俗的功名利禄，忘记了这个世界的一切，所以他活在自己的世界里，随心所欲地快乐着，傻傻地笑着。

可人总是爱自作聪明，宁愿让自己不快乐，也不愿意去做傻瓜。

如果只是记住那些应该记住的，忘记那些应该忘记的，那该有多好？

你之所以会痛苦，就是追求的太多。人生在世，不可能事事顺心，不要常常觉得自己很不幸，其实世界上比你痛苦的人还有很多。

明知道有些理想永远无法实现，有些问题永远没有答案，有些故事永远没有结局，有些人永远只是熟悉的陌生人，可还是会苦苦地追求，等待，幻想。

你看，一个人最大的消耗，就是对自己的战争。

你之所以不快乐，就是计较得太多。不是我们拥有得太少，而是我们计较得太多。不要看到别人过得幸福，自己就有种失落和压抑感。

人的欲望是无止境的，人人都在追求高品质的生活，人人都想得到自己想要的东西，人人都在为了自己的目标，整天忙碌着、奋斗着。得到了，开心一时；得不到，痛苦一世。

世界上没有完美无缺的东西，不完美其实才是一种美，只有在不断地争取、不断地承受失败与挫折时，才能发现快乐。

你之所以不幸福，就是不懂得知足常乐。每个人对幸福的感觉和要求都不相同，一个容易满足、懂得知足的人才更容易得到幸福。

　　幸福就如一座金字塔，是有很多层次的，越往上幸福越少，得到幸福相对就越难。越是在底层越是容易感到幸福；越是从底层跨越的层次多，其幸福感就越强烈。

　　幸福其实就是一种期盼，是一种心灵的感受。只要我们用心去发现，用心去感受，你就会发现幸福其实就在我们身边，只是这样的幸福常常被我们忽略。

　　我们一世行走，从始到未，会遇见无数人，并不是每个人，都与你情深。

　　没遇见最好的陪伴时，用一点小小的理解，主动的付出，换那些萍水之缘的人相逢一笑，也是很好的啊。

　　流水上漂浮点点花瓣，星空洒下片片微光，指路时的温暖，相邻过的关照……那些都是人生路上很好的礼物。

原谅这个凉薄世界之前，
你要先原谅自己

天蝎内心坚如磐石，他有着强烈的自我守护及占有欲望。腹黑、不懂宽容，但常常受伤的也是自己，所以有时候，他看似是在折磨别人，其实他自己也会承受一段时间的煎熬。

天蝎自主意识非常强，别人说一堆，他左耳进，右耳出，最后还是会按照自己的意愿去办事。他比谁都有主意，铁了心的事儿，就算拐了十八个弯也要弄明白才安心。

笑起来像个孩子，冷起来是个谜

人生是一个慢慢地苏醒和剥离的过程。昨天你还不能宽恕的人，今天你已经学会了原谅；昨天你还不能接受的事情，今天你已经懂得了理解。

旅行和岁月，都在教你懂人生，教你懂宽容。

在年少时，生活是盾，我们是矛，自以为坚硬，于是总是爱以棱角冲撞它，看看它背后藏着什么。但那时生活原谅我们的年轻，所以不与我们计较。

而长大后，走出了校园，走出了青春期，才发现生活的真实面目是矛，不断地在冲击我们，坚硬而冰冷，于是我们只能将自己变成一只盾，再疼也要把棱角磨平。

在人的一生当中，很多的境遇和人际关系都提供给我们一个大好契机去选择恐惧和爱。

若选择爱，我们就把祝福给了自己和别人。若选择恐惧，我们只好继续留在那伤痛中向爱哀号。

任何攻击的外表其实都是在呼求爱，生活的每个危机都在祈求治愈。

你要知道，在原谅这个世界之前，你要先原谅自己。

时间是疗伤最好的药剂，原谅不了的结果都原谅了；原本要死要活想拥有的东西，现在都不需要了；以为是最好的东西，也觉得不那么好了；以为是最讨厌的事情，也觉得不那么刺眼了。

时间恍如流水，磨平了内心的棱角，慢慢地，人就变得宁静了。

要原谅世界，也要原谅自己，风雨和变迁过后，你值得拥有好的一切。

当我们总抱怨世界阴暗时，恰恰是自己内心蒙了很厚的灰尘。

命运一半掌握在上帝手中，另一半掌握在自己手中。成功就是用自己手中的一半去赢得上帝手中的另一半。

但同时也别强求他人的原谅，因为不是每一句"对不起"都能换回一句"没关系"，不要认为每次道歉都能换来一切如昨，道歉有时只是你的解脱，并不是别人的原谅。

与其常说对不起，不如少做那些需要说对不起的事，别把自己的愚蠢当成借口，没人可以原谅你一辈子。

人的一生中会遇到不顺心的事，会碰到不顺眼的人，如果你不学会原谅，就会活得很痛苦，活得很累。

原谅是一种风度，是一种修养，原谅是一种溶剂，一种相互理解的润滑油。原谅像一把伞，它会帮助你在雨中前行。

原谅自己不能成就伟业，不能出人头地；原谅自己不能才华横溢，没有成为百万富翁；原谅自己，不要紧紧抓住自己的弱点、缺点、过失不放，太苛求自己，只会使自己丧失自信和勇气，使自己失去阳光心态；要放下包袱，给自己解压，相信平淡的生活照样会风光无限，旖旎无限。

原谅生活，因为它像天空一样，不会永远纯净透明。晴空万里时，它会让你欢笑；乌云密布时，它也会使你忧郁。它不会让你一直幸运幸福，它会让你尝遍酸甜苦辣咸。

　　假如你不能原谅，一定会痛苦不堪，后果是你会生活在"水深火热"之中，抑郁地死去。

　　当你原谅了一切之后，你会发现：你其实已经上升了一个高度。

　　未来的某一刻，你终会原谅所有伤害过你的人。

　　无论多么痛，多么不堪，等你活得更好的时候，你会发现，是他们让你此刻的幸福更有厚度，更弥足珍贵。

　　没有仇恨，只有一些云淡风轻的记忆，以及残存的美好，他们每个人都变成你人生的一个意义，在该出现的地方出现过，造就了你未来的不一样。

不是温柔的人，却做尽了温柔的事

天蝎也有反复无常的问题。神经起来比双子还分裂，经常出现一个人身体里有好几个人格在打架的重大事故。

每个天蝎座都有两个自己，人多热闹的时候是一个，夜深人静的时候又是另一个。经常一个人观察着周围的人和事，比其他人看得都远，想得比任何人都多。

不 生 气 ，
不 代 表 没 脾 气

天蝎平常的脾气是典型的外冷内热，但能被他们热到的人并不多，天蝎表面对你越是热情，那大都能证明一点，他对你没有太大的兴趣。

如果天蝎表面上对你带搭不理，其实内心已经在向你靠近了，当然也不是每次都是这样，这就要看你的眼力了。说不定天蝎烦你烦得要死，连表面的热情也懒得装给你看。

笑起来像个孩子，冷起来是个谜

有些人，不是真的脾气好，
只是有爱，自愿脾气好；
有些人，任性，不是真的任性，
她只是在有人爱时，才这样撒娇。

感情，不能敷衍；人心，不能玩弄；缘分，不可挥霍。

好脾气的人不轻易发火，不代表不会发火；性子淡的人只是装糊涂，不代表没有底线。

再大件的行李一个人也能搬上搬下，生病自己买药，一切过不去的心情睡一觉就好。

被人喜欢，掏心窝子珍惜，若被讨厌，就让他讨厌，给对方一点存在感，如果对谁忍耐了很久，就好好发　次脾气，大不了好聚好散。

经历过狼狈，也才知道死不了就还能爬起来，除非自己低头，否则脆弱都是借口。

有一天你会明白，人不能太善良，因为人只会挑软柿子捏，如果事事都大度和宽容，别人也不会感激你，有时候应该适当有点脾气，对待有些人真不能太温柔和忍耐，过分善良会丢失自己的价值和尊严，过分善良也是一种傻。

善良是优点没错，但不能成为你的弱点。这个世界上的人，都愿意靠近一个只用说声谢谢就可以无理由帮他们的老好人，你的好心多了就变成软弱，他们的感谢多了就变成理所当然，一旦某天你知道拒绝，他们必定会失望。

做人要有自己的脾气，适当放高姿态，所谓温柔，不过是看用在谁身上。

对那个你在乎的人，你几乎从来不生气，因为你认为没必要。但是，你不生气，不代表你没脾气。你不计较，不代表你脾气好。你不是不爱他，只是放在心里而已。有时候，你在乎的不是他所说的，而是那些他没有说的。

如果他非要触摸你的底线，你大可以告诉他："我本非善良"。

你把自己看得很低，但并不代表别人就可以把你看得很低。你看自己和他看你是两回事。

如果有人对你无限地宽容，有无尽的底线，有超级好的脾气，可以忍受不满，只因他一直把你视为重要的人，所以请你不要浪费这种信任。

大多数人总是觉得自己还年轻，便不甘心对世界认输。有自己的脾气，有死都不放的固执。有一天，岁月磨平了棱角，年华腐蚀了心气，开始渐行渐远的时候，才怀念最初的自己。

任性，是依赖的表现。因为潜意识中认为，那人一定会原谅你。连你都不喜欢的自己，却被那个人喜欢着，这就叫爱情。那些撒娇又撒野的小脾气，永远能换来一句——"乖，别闹。"

相爱的两个人吵架，往往不是没感情，而是用情太深。爱到深处，一点矛盾都会让人受伤很重。由于太重视对方，所以放不下。

真正的爱，不是永远不吵架不生气不耍脾气不胡闹，而是吵过闹过哭过骂过，最心疼彼此的还是对方。

相爱，就是要感恩对方的优点，容忍对方的缺点，因为爱就是坚持在一起。

如果一个人记得你的生日，记得你喜欢什么讨厌什么，把你不经意说过的话都放在心上，为你无数次影响情绪却从来不让你看到他脆弱的样子，为你做他不喜欢的事，为你放下面子放下所谓的原则放下他的一切，为你改掉坏脾气，为你拒绝所有暧昧，为你变得面目全非，真的，你再也不会遇见一个人比他更爱你了。

所以你也应该知道，被爱的人脾气之所以总是暴躁的，因为他深信你不会离开他，而你脾气好是因为你害怕失去，所以才什么都包容他。

一起久了，两个人的性格会逐渐互补，爱得多的那个脾气会变得越来越好，越来越迁就，被爱的那个性格则变得越来越霸道。如果最后这两人仍然能走到一起，那一定是因为其中一方在努力迎合。

所以你要相信，总有一个人会改变自己，放下底线来纵容你，不是天生好脾气，只是怕失去你，才宁愿把你越宠越坏，困在怀里。

所谓性格不合，只是不爱的借口。

不 想 失 去，
所 以 假 装 原 谅

天蝎认为世界上没有人能够真正地了解他，但他自己却可以洞察每个人。

天蝎有一种超能力，能听懂你所有的话外音，你所有违心的话，你的醉翁之意不在酒，但只要他还在乎你，他就不会点破。

说到底，是天蝎太执着，天蝎看似强大的形象在独处时才会暴露出弱小的一面，这种弱小多数情况下体现在：对于天蝎在乎的那个人，即便他没有请求原谅，天蝎也会很快缴械投降。

有时候，我们愿意原谅一个人，并不是我们真的愿意原谅他，而是我们不想失去他。不想失去他，唯有假装原谅他。

要做一个心口如一的孩子。喜欢一个人，不到一定程度，不要轻易去说喜欢。因为你的一句轻浮的话，很可能悲伤了另一个人一段时光。

也有的，将会是一生。

当时间过去，我们忘记了我们曾经义无反顾地爱过一个人，忘记了他的温柔，忘记了他为你做的一切。你对他再没有感觉，你不再爱他了。

为什么会这样？原来我们的爱情败给了岁月。首先是爱情使你忘记时间，然后是时间使你忘记爱情。

大部分负心人的记性都是差劲的。如果他的记性好，记得情人为他付出的一切，记得相爱多么甜蜜，他又如何能够忍心背弃她？

失望，有时候也是一种幸福。因为有所期待，所以才会失望。因为有爱，才会有期待。所以纵使失望也是一种幸福，虽然这种幸福有点痛。

如果没有很大把握，又或者没有坚定的信念，请不要说太长久的承诺。相爱时叫承诺，不爱的时候呢？也不是谎言吧。

毕竟爱着的时候就算说了地久天长，相信也是出自真心。只不过后来的离开，不是自己能把握的。

你以为不可失去的人，原来并非不可失去。你流干了眼泪，自有另一个人逗你欢笑，你伤心欲绝，然后发现不爱你的人，根本不值得你为之伤心。

今天回首，何尝不是一个喜剧？情尽时，自有另一番新境界，所有的悲哀也不过是历史。

同一个人，是没法给你相同的痛苦的。当他重复地伤害你，那个伤口已经习惯了，感觉已经麻木了，无论再被他伤害多少次，也远远不如第一次受的伤那么痛了。

时间会让你了解爱情，时间能够证明爱情，也能够把爱推翻。没有一种悲伤是不能被时间减轻的。

如果时间不可以令你忘记那些不该记住的人，我们失去的岁月又有什么意义？

一枚硬币最美丽的状态，不是静止，而是当它像陀螺一样转动的时候，没人知道，即将转出来的那一面，是快乐或痛苦，是爱还是恨。快乐和痛苦，爱和恨，总是不停纠缠。

爱情中最伤感的时刻是后期的冷淡，一个曾经爱过你的人，忽然离你很远，咫尺之隔，却是天涯。曾经轰轰烈烈，曾经千回百转，曾经沾沾自喜，曾经柔肠寸断。到了最后，最悲哀的分手竟然是悄无声息。

世上最凄绝的距离是两个人本来距离很远，互不相识，忽然有一天，他们相识、相爱，距离变得很近。然后有一天，不再相爱了，本来很近的两个人，变得很远，甚至比以前更远。

抛弃别人总比被人抛弃好过一点。所谓离别，总是一个走，一个留下，走的那个当然比不上留下的那一个痛苦。

一个承诺在最需要的时候没有兑现，那就是出卖，以后再兑现，已经没什么意思了。

我们总是不懂得珍惜眼前人，我们总以为会重逢，总会有缘再会，总以为有机会说一声对不起，却从没想过每一次挥手道别，都可能是诀别，每一声叹息，都可能是人间最后的一声叹息。

你遇上一个人，你爱他多一点，那么，你始终会失去他。然后，你遇上另一个，他爱你多一点，那么，你早晚会离开他。

直到一天，你遇到一个人，你们彼此相爱，终于你明白，所有的寻觅，也有一个过程，从前在天涯，而今咫尺。

笑 起 来 是 个 傻 子，
哭 起 来 是 个 孩 子

极端是天蝎的突出属性。天蝎其实属于极端内向和极端外向的并存患者，可动可静，可傻可精，可悲可喜。

天蝎的感性一直都强于理性，所以很多时候，天蝎会不计代价地去完成自己的目标。一个理性的天蝎是可爱的，问题是天蝎在理性上一直都无法战胜感性——在理性上的把持不定是天蝎的一个硬伤。

一个失去理性的天蝎的杀伤力是可怕的，却又是最容易被对付的时候，因为一旦失去理性，蝎子只会和落魄的疯子一样毫无战斗力。

我爱哭的时候便哭，我爱笑的时候便笑，
我不求深刻，只求简单。

不知道从什么时候开始，你已经磨平了自己的棱角。你不再为一点小事伤心动怒，也不再为一些小人愤愤不平。

你以一种中庸的心态面对生活，不求有功，但求无过。或许这样很没志气，但是，你只是想过一种平淡的生活，安安心心，简简单单，可以做一些能让自己开心的事。

你是如此一个凡人，只希望此生淡然；你是如此一个随性的人，笑起来是个傻子，哭起来是个孩子。

你宁愿保持沉默，也不向根本不在意你的人诉苦。

因为你知道，人的感情像牙齿，掉了就没了，再装也是假的。

哭，就畅快淋漓；笑，就随心所欲；玩，就敞开胸怀；爱，就淋漓尽致。人生，何必扭扭捏捏。

你选择的生活是坦荡真实的，可有时候又是畏首畏尾。你多希望能够劳累了，听听音乐；伤心了，侃侃心情；失败了，从头再来。

你多希望自己只是个孩子，给颗糖就笑，摔倒了就哭。不用伪装到面目全非，不用压抑自己的心情，笑着说无所谓，却往往笑得越开心，心里越疼。

有时候你不得不笑，表现得好像一切都很好，然后，忍着眼泪离开。

有人说你这是太要强，说太要强了就会没有人疼。可是谁又知道如果不自立、不自强、不坚强，谁又能在你需要肩膀的时候给你温暖？

很多时候，你也不想太坚强，而是被迫在坚强。可是旁人哪能知道，再坚强的人的心里总有一块伤。

不哭不代表不会痛，不痛不代表没有被伤过。如果有人懂你，他一定能够在看到你的笑的同时，也看到你心底的泪。

对待感情，你有自己的处理方式，不强求，隐藏很深。

有时候你看似是怒着，却隐藏着深深的爱意。有时候你看似是笑着，却掩饰着浓浓的悲伤。你对他说的话都是真心的，可总是藏得很深很深，你需要一双懂你的眼睛，才能迎上你的目光。人间最好的爱，莫过于一种懂得。

对你而言，最好的爱情，是对方不在时，想念到失了魂，嘴上却一笑而过。不是装云淡风轻，而是怕给对方压力，让对方愧疚。

对待生活，你有自己的主张：不抱怨，笑着去努力。

当你有羡慕的生活时，你就会笑着面对当下的不如意，然后一路不管不顾地去追求自己想要的生活。不管是有什么样的艰难险阻，都会勇敢地迈出第一步，因为你相信自己有力量去改变。

你知道自己没有特别的运气，所以你特别努力。你相信，越幸运就得越努力，越懒惰就越倒霉。

一个人的成熟，并不表现在获得了多少成就上，而是面对那些厌恶的人和事，不迎合也不抵触，只淡然一笑对之。

一个人的成长，并不表现在赢得了多少人的欢心，而是面对一个自己喜欢的人时，不打搅也不失望，只是心甘情愿地爱着。

你看，你还是宁愿像个孩子，不肯看太多的事，听太多的不是，单纯一辈子。开心了可以肆无忌惮地笑，难过了可以歇斯底里地哭，不知愁滋味，不用担责备，不会为别人心碎，不知人间苦累。

　　越成长越容易迷失梦想，因为顾忌太多而变得犹豫、懦弱；越经历越怕受伤，把真心话都无声收藏。

　　你不知道自己从什么时候开始变得那么小心翼翼，想东想西，好像长大这件事，再也不像小时候以为的那样美好。

　　但人生就是这样啊，会有烦恼和悲伤，也有欢喜，然后才可以在哭的时候笑出来，大声说句："我还好。"

不 是 温 柔 的 人 ，
却 做 尽 了 温 柔 的 事

其实你不知道，天蝎总在冲你发火后会转身不断啜泣；其实你不知道，天蝎只会对自己喜欢的人唠唠叨叨，耍耍性子……

天蝎总是嘴里说着你走开，心里却一直叫你留下——假若他不喜欢，就不会在乎你、关心你，也不会对你发火，不会冲你撒娇，让你哄……

如果天蝎不喜欢你，他在你面前永远是冷淡、矜持、有礼有节的模样。

有时候人就是这么奇怪，
受了天大的委屈都不会吭声，
但听到安慰的话却泣不成声。

有时候不是不懂，只是不想懂；有时候不是不知道，只是不想说出来；有时候不是不明白，而是明白了也不知道该怎么做，于是就保持了沉默。

关于那个人，你从来都说不上他哪里好，可是就是谁也代替不了。

你从一开始就明白，爱必须是相互的。有些爱是一辈子的，同样的，有些不爱也是一辈子的。你没有办法说服自己不去爱一个根本不爱你的人，那你同样的也没有办法说服一个人爱上你。

有些人真的你说不上他哪里好，可是你就是爱他呀，爱得莫名其妙，爱得撕心裂肺，爱得刻骨铭心。只因为是那个人，只因为你爱他，他便是这个世界上的珍贵。

可因为他很重要，所以，你愿意为他坚强或温柔。

因为爱啊，让你这个本就不温柔的人，却为他做尽了温柔的事。

因为你打算爱他这样一个人，所以你早就想清楚了：你愿意为了他，放弃如上帝般自由的心灵，从此心甘情愿有了羁绊。

后来你发现，原来爱一个人就是在清晨醒来的一刹那，努力搜寻昨夜梦里的那个他。于是，便有了一个阳光灿烂的早晨。

原来爱一个人就是当电话铃声响起，拿起话筒脱口喊出他的名字；原来爱一个人就是把众多人的优点安放在他身上，把他想得完美如神；原来爱一个人就是忘记他曾有的过去，只在乎他的现在和将来。

原来爱一个人就是一往情深地爱着他，并且希望他也像自己爱他一样地爱自己；原来爱一个人就是每次和他怄气之后，为他找各种理由，去原谅他。

原来爱一个人就是在一张空白的纸上反反复复地写下他的名字；原来爱一个人就是明知

道有那么多的不可能，却还是想要走下去。

原来爱一个人就是在一起时忘记他的缺点，不在一起时又想他的优点；原来爱一个人就是合演一场缠缠绵绵、反反复复、争争吵吵、分分合合的闹剧。

原来爱一个人就是在每一个想念的夜里写一大堆的荒唐话，却不知道寄往哪里；原来爱一个人就是丢掉被自己看得很重的面子问题，主动去联系他、问候他；原来爱一个人就是没有了自己原有的骄傲，全心全意地对一个人好。

因为你爱他，所以你会一生一世地爱下去，直到沧海桑田，海枯石烂。

当所有人都告诉你，不要执迷于爱，他其实并没有你想象的好，但你宁可相信自己给自己编织的童话，也不愿相信身边人说的。

因为你相信，若是爱上了一个人，就必须一辈子不变心。

当云雾散尽，当两条相交线错开，当你最后终于知道，自己不过是当局者迷时，你依旧心甘情愿。

即便将来天各一方，你还是想见他，明知道见面会尴尬也还是想见；你还是想了解他的消息，明知道了解了会难受也还是忍不住问；你还是想回到过去，明知道回不到过去还是不愿意停止幻想。

这么多年了，你缝缝补补这段感情，却始终不愿意彻底地离开他，那是因为你珍惜你青春的时候最初最好的感情。即便后来你发现，这段感情从来就不是你想象中的样子。

可是这一切都是你愿意的，你愿意为一个人傻，为一个人呆。

也正是因为你的呆、你的傻，因为那个不对的人，让你有了"要成为一个更好的人"的愿望。

因为你不想成为他的包袱，因此发奋努力，只是为了证明你足以与他相配。

你看，只要你愿意走，踩过的都是通往美好境地的路；只要你不回避、不退缩，生命的掌声中终会为你响起。

不 喜 欢 等 待，
却 总 是 在 等 待

天蝎是那种不会说爱，也不会展现爱的人。更关键的是，天蝎会在自己受伤的时候把给对方的伤害，或者对方给自己的伤害都加到最大。

但别忘了，天蝎才是最应该被关注的那个。因为爱不说出口，所以才给了大家狠心而又决绝的印象。

天蝎容易满足，所以很容易受伤，付出远远超过得到的；很固执，不懂得放弃；在别人面前笑得很开心，一个人的时候却很落寞；不喜欢等待，却总是等待。

我明明知道我需要放手却放不下，
因为我还是在等待不可能的发生，
这种感觉真的很难受。

你也总是这样吗？不喜欢等待，却一直在等待。

你总是会把事情想得很长久，往美好的方向；你总是喜欢独来独往，用晚睡来延长白天；你总是不懂得放弃，相信童话里的人一定会出现。

你认为，对于爱情来说，每一点改变，其实都只会是锦上添花。与其为了他而改变，成为另一个人，不如做好自己，等待着那个对的人出现。

你深信，一切美好都是值得等待的，像是在忙乱的生活中计划的一场旅行。也许你已经焦头烂额，但是想想那个说好的假期，心就静了。等你规整好一切，准备出发的一刻，你发现你已经收获了。

一切美好都是值得等待的，像是与爱人的见面。想着要去见那个人了，心里已然全是甜的。一路上笑容也是掩不住的，直到见到了，虽相顾无言，但所有等待的焦躁，路上的百转千回，都变得有意义了。

一切美好都是值得等待的，像是思乡的游子终于要回来了。想着父亲母亲逐渐花白的头发，泪水竟是止不住的。在他乡的甘苦都不再重要，见到的那一刻，乡愁便得以释怀了。

碰到好的欢喜的东西，碰到美好的人，你总是要给自己的欣喜留一分余地，以为这样，才会有真正的情缘。

有时，你还会故意地保持若即若离的距离，是因为极希望它存在并且长久。所以，不容许自己沉溺。一直以来，你就是如此自制。

你如此舍得耗费自己的生命，去等待一个美好的结局，因为在你看来，一切重要的东西，总是需要等待。

你喜欢的人，不喜欢你，结果你失恋了；别人喜欢你，你不喜欢并拒绝了他，结果他悲伤了。暗恋过、喜欢过、爱过、放弃过一个人，让你渐渐学会等待，等待适合的人出现。

虽然时间一天一天地过去，那个他还没有出现，但你依然继续等待。你相信那个他一定会出现，会带给你美好生活和幸福的未来。

不要让所有的时间都变成匆匆那年，一切美好，都值得花时间等。

经历过等待的才是好的感情，经历过时间的才是好的故事。感情不会因为"挺好的，就这样"而结束，故事会因为当初那句"再见"有了新的开始。

你要相信，你要等。

等待花开，等待风来，等待一个人从遥远的地方来到你身边，从遥远的地方来到异国，就为了赴一场旅途中承诺的相聚，连着几天坐夜车赶路，就为了见喜欢的人一面。

我们慢慢长大，在长大的过程中，被欺骗，被伤害，反过来我们也越来越轻易地许诺，去欺骗、伤害别人。可是，你告诉我原来被欺骗、被伤害并不是选择不再相信的理由，害怕被欺骗、被伤害也并不是放弃等待的理由。

这世间种种是这么简单的因果，却参不透。其实，等待才是最长的告白。

一句"我等你"，不知道需要多大的勇气。它远比"我爱你"三个字，更需要勇气。不是每个人你都愿意等待，也不是所有人都值得你去等待。

一句"我等你"，包含了很多的无奈、心酸、苦涩。或许是爱不到，或许是不能爱，无论怎样，"我等你"这个承诺，远比"我爱你"更动听。

也许没有多少爱情经得起等待，但经得起等待的爱情，必然会是幸福长久的。

也许你此时正在等一个人，一个愿意走进你的生命，分享你的喜怒哀乐的人；一个知道你曾经无尽的等待，因而更加珍惜你的人；一个也许没能参与你的昨天，却愿意和你携手走过每一个明天的人；一个知道你不完美，却依然喜欢你，甚至连你的不完美也一并欣赏的人。

很多时候，为了求得真正的幸福，我们需要保持耐心。因为真正的幸福不会很快到来，也不会轻易到来，但它值得等待。

偏执的人一旦陷入爱情，就成了自己的囚徒

天蝎天生就有一种保护人的欲望，外出购物的时候，他的本能是要首先掏腰包，这不是虚荣，而是一种给自己自信的途径，看到对方满足的样子便倍有成就感。

强势的天蝎还很偏执，很少会觉得自己有错，看问题主观片面，同时又自我估计过高，对于挫折和失败，很少反省自己，而是习惯性地将功劳归于自己，将错误推给别人。体现在感情上，则是固执、坚持，不肯放手，并且常常会因此而让自己受伤。

我就是一瞬间想通了，释然了，
在下一秒又想不通了，
每天都在这样不停地循环中。

在你十七岁的时候，这个世界上的任何事情都不能让你感到害怕。

可是现在的你，大多数时候，都只希望那个爱的人能够懂你，能够在你身边，给你一个简单的拥抱，又或者拍拍你的头对你说一句："哭吧。"

你必须要承认，这么多年来，虽然你走了很远很远的路，但有个地方你永远都到不了，那就是爱人的心里。

你看，你这个偏执的人，一旦陷入了爱情，就成了自己的囚徒。

最让你难过的事情，莫过于当你遇上一个特别的人，却明白永远不可能在一起，或迟或早，你不得不放弃，可是又一时半刻不可能放弃。

你看，沉溺在濒危的感情里的人，就像不会游泳的落水者，抓着一块早晚会沉下去的木头不放手。他不愿意游上岸，就算河岸近在咫尺。

大部分的痛苦，都是不肯离场的结果。没有命定的不幸，只有死不放手的执着。

有些人事事看得通透，可说不定哪天就会犯浑，谁也拗不过他。其实，他是拗不过自己心底的那股子邪劲儿。

这股邪劲儿，便是偏执，这世上的人，没人能够逃脱。何时它来，何时它去，自然也没人能够说清。

当偏执的人遇见爱情，往往就是胆小得不敢说出来，却还要偏执地继续爱，到头来除了惩罚，什么也没有得到。

别人可能取笑你，"这哪叫偏执，分明就是蠢"。

是啊，偏执的时候，人都是蠢的。

偏执的时候走一条路，恐怕只有全部走完，看到前面是个死胡同，知道不能再走了，你才肯换下一条路。

偏执的你是听不了别人劝的，更何况那是你看中的人。就算最后你看到他和另一个人在一起了，你还是不肯放手，偏偏要等错过好几个人，遗忘好几段故事，才能想得通。

　　从想不通到想通，似乎隔了千山万水，到头来无非是偏执作祟。

　　当初总以为，自己可以对感情收放自如，但真正惹火上身，只有伤到了筋骨才肯放手。不管你是一个世俗之人，抑或是一个脱俗之人，都逃脱不了这种命运。

　　许多事情，旁人的千百句规劝，也抵不过自己个儿心头的一个明白。

　　提一壶热水，烫到手了自然就会放下；谈一段感情，伤到心了一定就肯放手。放不下，一定还是伤得不够深。

　　偏执是天性，与生俱来的本能。

　　但是，血肉模糊的日子，终有尽头。况且偏执的人，又不是你一个，你怕什么。

　　人就应该有一点偏执，等一个人，爱某一物，忌讳什么，坚持什么，偏执的人有偏执的快乐。

　　觉得辛苦了，无法接受现实了，那么就劝自己——选择了什么，就承受什么。

你看，人的情绪变化和身体遵循一样的道理：不通则痛。只有自己经受了、想通了，一切才能恢复正常。

人生的每一个阶段，种种变化、无常、经历、磨难，背后都有其深刻的考验。我们因考验而在这世间顽强行走，未曾想过脆弱的肉身是否经受得住风吹雨打、电闪雷鸣。

偏执的人的意志是生存的支柱，偏执的人选择的路，跪着也会走完，直到看见世界的终点是海纳百川，又或者是绝境。

每个人的心中，都有一个小小祈愿。它很壮烈，也很卑微。它很珍贵，也很平常。

每个人的故事，都不是三言两语便能说尽。

时间最终会和你和解，你的所有偏执、邪念、不甘，你的嬉笑怒骂，你的爱恨嗔痴狂，终会被它软软地握在手里。

别 把 舍 不 得 ，
当 作 离 不 开

如果你爱上了一个受过伤的天蝎座，就请你不要轻易离开他，给他时间和信心，他就会还给你一份纯爱，而这份纯爱将会包含天蝎满心的感激和感动。

如果你有幸被天蝎爱上，也请你不要轻易离开他，给他机会和宽容，他会给你一份长久而浪漫的爱。

天蝎的本性是善良的，他不舍得伤害别人，对待感情很纠结：一半是骄傲，一半又是卑微；一半是决绝，一半又是不舍。

笑起来像个孩子，冷起来是个谜

有些话说与不说都是伤害，
有些人留与不留都会离开。
如果我放弃了、
不是因为我输了，而是我懂了。

　　有时候，一个建议你离开的人，可能是最爱你的。一个希望你放弃的人，可能是最关心你的。一个渴求不再联系的人，可能是最挂念你的。一个默默离开的人，可能是最舍不得你的。

　　我们的人生，就是在这样的矛盾和纠结里度过。爱并不是一场在一起的游戏，爱恰恰是种挂念你而不得不离开的痛楚。

　　人最软弱的地方，是舍不得。

　　没有离不开，只有不想离开；没有舍不得，只有放不下。

　　有没有这么一个人，你无数次说着要放弃，但终究还是舍不得。有没有这么一个人，你心甘情愿地被伤害，即使你知道你会遍体鳞伤。

　　有没有这么一个人，你会在独自一人时想他想到哭泣，却在看见他时故作无所谓地笑。

　　有没有这样一个人，每天可以和他来去几十条短信，可是一打电话却尴尬无语。

这个世界，谁离开谁都能活，只有谁比谁更舍不得。

陪伴你的人，不是随时都有；牵挂你的心，也不是无事可做。

再执着的情，也经不起无视；再火热的心，也受不了冷漠。

别等人走了，才幡然悔悟；别等心伤了，才急于弥补。

感情，不是一朝一夕而至，也不是一时一刻就能去。

有多少人的离去，是不被在意的；有多少情的放弃，是不被珍惜的。眼里没你的人，你何必放心里；情里没你的份，你何苦一往情深。

感情就是这样，假意对虚情，真心得真诚！

患难的时候，才能品味人情冷暖；需要的时候，才能看透感情真假。只有在最关键的时刻，才能明白谁是真心帮你的朋友，谁是无心管你的陌路。

感情，不是说得有多好，而是做得有多少。

一个人你越在意，越失意；一份情你越看重，越心痛。别人没把你放在眼里，你何必放在心里；别人对你毫不在意，你何苦死心塌地。

感情，从来不是一个人苦苦地去维系，而是两个人共同来珍惜。

对人可以包容，但绝不纵容；对情能够专一，但不能痴迷。往往太在乎一个人，就会失去自我；常常太迫切一份情，就会丢掉尊严。

感情，就是心的感觉，笑容可以瞒得了别人，心疼却骗不了自己。总是因为看重，所以才会心痛；总是因为在乎，所以才会吃醋。

越是认真，越是伤心；越是主动，越是卑微。爱，从来不是一个人的事。

感情上有很多人总是假装近视，多少擦肩的缘分，只因得不到珍惜而悄然离去。

不懂珍惜，不配拥有！得不到的感情就不要强求，丢掉了尊严得到了怠慢。

离开不是绝情，是留下来没有人看重；撒手未必轻松，是伤透的心不想再疼。

留不住的沙，何不随手扬了它；放不下的人，就努力别去牵挂。爱情也好友情也罢，宁可高傲离开，也不卑微存在；宁可笑着放弃，也不哭着拥有。

主动久了才发现，心已随着那不冷不热的话语渐渐冷却；在乎多了才感觉，情已伴着那不痛不痒的态度慢慢瓦解。

有颗心，伤一伤，就坚强了；有个人，狠一狠，就忘了吧！感情上，拿得起放得下很重要。

不能说，不能想，却不能忘，只适合收藏；思不是，念不是，梦也不是，唯有独自面对迷茫。这又何必呢？

爱情不伤人，伤人的是永远实现不了的海誓山盟；失去不可怕，可怕的是触景而伤情，睹物而思人。

如果拿你的一生幸福当赌注，爱你的人绝不会让你输，不爱你的人才会让你哭。我们是人而不是神，难免都会受伤，好好爱自己，胜过爱爱情。

第三辑

**办不到的承诺，
就成了枷锁**

情感强烈是天蝎座的人最普遍的特点。他们有着异常炽热的

感情，但大多藏得较深，平时看来是个比较和气的人，一般

不爆发，爆发时绝对是喷涌而出的，有着强大的震慑力。

强烈的情感表现在爱情上就是"深情而痴情"，即使明知道

没有结果也很难自拔，这是天蝎的固执。想要得到的东西往

往不会轻易放手，所以这时的天蝎总是在坚持和放弃的巨大

矛盾中苦苦煎熬着。果然，爱情是天蝎的致命伤。

任 何 东 西 ， 只 要 够 深 ，
都 是 一 把 刀

天蝎爱你的方式，看似不动声色，实则威力巨大且强势。天蝎在情意的表达上算不上令人记忆颇深，但点点滴滴的行动定会让你回味无穷。

天蝎爱一个人，就会习惯性地想要占有全部，想要了解那个人展现的与隐藏的世界。不通告一声就看你的短信，不商量就替你做决定，也许你会因此恼火，但天蝎别无他意，只是因为太爱了。

其实很想消失很长一段时间，
换个名字，换个模样，
重新再认识你一回。

爱得太深，就会有失去时的不甘，就会有看到曾经心爱的人归入他人怀抱时的妒忌。爱得太深，就会有痛苦，有懦弱，有卑微，有不顾一切，对所有的苦痛与伤害甘之如饴。

爱得太深，其实便已经不再是爱了。爱情存在于这世间的意义应是两个人的相互扶持，彼此的陪伴与鼓励，为了对方努力变得更优秀，为了两个人的未来，努力活得更精彩。在一起时互相守候，分开时，感谢彼此过去的陪伴，然后微笑着祝福。

爱情，是美妙甘甜的，会有苦涩，会有痛楚，要懂得包容，懂得忍耐，但不是为了爱情而去无限度地忍受痛苦，接受伤害。

爱一个人，会有不甘，会不忍离开，会因为看到对方新的伴侣而心酸，会对过去惋惜与后悔，但不能因为不甘，因为不忍离开，因为心酸，而继续去偏执地爱一个人。

你要知道，每一次，当他伤害你时，你都会用过去那些美好的回忆来原谅他，然而，再美好的回忆也有用完的一天，到了最后只剩下回忆的残骸，一切也都变成了折磨。用回忆来原谅一个人，除了最后一个人的孤独舔伤，什么也不会留下。

当爱情变成了一把插进生命里的刀的时候，一定要把它拔出来。就算你会疼得钻心，会痛得歇斯底里，会在拔出的那一瞬间血涌如泉，可你还是要相信，你不会死去，更不会无法继续后来的生活。

回想那些我们曾经念念不忘，思念时痛彻心扉的人，你曾以为那会是一生的不忘，一世的不舍，可其实数年之后，那不过只是一个名字，你怀念的，放不下的，只是那段时光里的自己，只是那段相爱时的感觉。

这个世上，谁失去了谁，其实都会一如既往地生活下去。

你虽然不会再遇见一个和过去一样的人，却一定能遇见一样的感觉，一种更心动、更安稳、更让你愿意守候与相信的感觉，还有一个更美好的自己。

人的生命是一个持续的过程，不会因为一时的中断而停下，不会因为一次离别，一次伤害，一次跌倒而终止，我们每个人，仔细想想，其实都是越活越好的，而你也是越来越成熟，越来越坚强，越来越温柔，越来越美好。

既然曾经的你可以遇见一个让你愿意托付终身的人，那么未来的你一定会遇见一个愿意许你一世繁华的人。

有时候，人要有告别的勇气，才会有幸福的可能。如果你没有失去他，便也不会遇见另一个更好的他。

面对过去的那个人，将来终会有一天，你会抛开浓妆与靓丽的衣服，简简单单去见那个曾让你撕心裂肺的人，而你的心不再起任何波澜，不再期许，也不再怨恨，只是像老朋友那般坐下来，微笑着聊聊天，没有暧昧的情愫，不再细数过往的对错。

你从未那般真切地希望与庆幸过，这个人已不再属于你。

你会礼貌地说再见，没有不舍，没有回头，坦然地化解了积攒了那么久的委屈与放不下。

错过的不怨，爱过的不恨，曾经的一切，你终于可以一笑置之。你勇敢地向前走，安宁地去生活，不再对谁隐瞒，不再因为谁而否定自己。

曾经的你确实深深爱过，后来的你终于让这一切过去，诚实且坦然。

有一天，你再想起他时不是沉默或哽咽，而是微笑淡然地讲述，那便是你在他那里得到的最好的成长。

很多时候，爱一个人爱得太深，人会醉，而恨得太久，心也容易碎。

如果可以，就去拔出身体里的那把刀吧。如果还是做不到，愿你能够与你生命里的那把刀长久地生活下去，想想，这又何尝不也是一种幸福。

about,幸运

数字：2 1 6

颜色：紫色 黑色

植物：红辣椒
苦艾 蓟根草

珠宝：红宝石

场所：研究室 湖畔
寺庙

星期：星期二

旅居国及地区：
美国 韩国 挪威
北非 巴拉圭 阿根廷

方位：西南偏西向
东南偏南向

办 不 到 的 承 诺 ，
就 成 了 枷 锁

天蝎座并不喜欢重新来过，如果给他再选择一次的机会，天蝎座依然会坚持之前的选择，因为他对得起他走过的每一步。

天蝎座重视承诺，如果你答应他的事没有做到，他会很难过。

所以请你不要轻易给天蝎承诺和誓言，天蝎即使很难相信那些承诺和誓言，还是会选择等待和坚持，哪怕他料想到结果是坏的，也会选择认命。

年少的承诺，执着地相守，
看似美好，却是无情。

　　所有年少的承诺，在未知的命运面前，都只是对当下的安慰而已。

　　所以，你不用整天说什么要他承诺等你，或者给他承诺你要等他，就算你或者他答应了，你自己也不会相信这份承诺，因为岁月教会了你，承诺是用来敷衍那个想听承诺的人的。

　　承诺真的很沉，有时候竟难以背负。

　　你是否曾是一个善于承诺的人？你是否又是一个可以信守承诺的人呢？你会在什么时候许下承诺？你会为了谁许下承诺？

　　承诺是怕自己实现不了而立下的誓言，承诺是为了告诫自己不能忘记，承诺是你捏造一个守护他的理由，承诺是想让别人对你有信心。

　　可是啊，亲爱的，办不到的承诺，就成了枷锁。

　　后来你才发现，你厌恶的并不是爱情，而是等待、猜测、道歉和伤害，以及无法兑现的承诺。

一直以来，你都不会拒绝别人，面对别人的要求，无论大小，只要自己可以做到的，即使不愿意，即使没时间，却怎么都学不会拒绝。

闺蜜形容你："烂好人一枚，活该！"面对刻薄的她，你竟无力反驳，只得悻悻作罢。

小时候，最喜欢被别人夸奖有正义感，勇敢。长大后却最怕别人无缘由的夸赞，只因不愿再一次让现实扇自己耳光。

"嗨，你真是个善良又有义气的姑娘，这件事我想不到除了交给你，还能有谁让我放心的……"

接受了别人的夸赞的同时，凡事便成了理所应当。看着自己大把大把的时间在别人的"理所应当"中匆匆流走，除了纠结，还有一丝丝划过心间的失落。

为了不要别人失落，只得让自己许下一个适时的承诺，那一刻，对方释然，你却从此有了牵挂或牵绊。

人在开解别人的时候，总忘了给自己留一点退路。

就这样，自诩善良的自己，总是不经意地为博他人一笑而许一个承诺，以为是朋友义气，当伸不开手脚才恍然发现，这承诺是欢愉了别人，却绑架了自己。

　　善于许诺的人，很容易让人想到江湖传说的各类"骗子"，他们可以轻松地随意抛出一个承诺，让朋友、恋人甚至是家人奉为至宝，苦苦等着浪子回头。总有人会相信他有一天会实现那个承诺。当他拿到足够的金钱、权利和爱后，便可以潇洒地大手一挥，即刻翻篇，不管对方的死活，只图自己爽快！

　　而你，是那样的人吗？不是，那你是为什么要轻易为他许下承诺？只图一时口舌之快？当许下诺言的那一刻，有没有想过自己要如何履行这份承诺？
　　江湖险恶，不行就撤。亲爱的你，世界就这么大，生活圈子就这么小，你准备好往哪儿撤了吗？

　　承诺，许下那一刻就要用心实现，如果你没有想好自己如何践行这份诺言，请不要轻易开口。

也许当时的他觉得你不讲情谊，觉得你不再善良，觉得你不再爱他，但比起下一刻你无法实现承诺时的那一句"你又骗我"，这承诺还有最初那般有爱吗？

既然违背内心，又何苦为难自己？既然无法实现，又何必逞一时之快呢？

世界这么乱，我们的生活被各式各样的伪善充斥着，又何必多添一笔？

就算你说拒绝别人很难，看着你爱的人不开心更难，但你是否还记得，你是谁？总说你要支配自己的人生，当你都不再是你的时候，你的生活又怎会由你支配呢？

别等到你说过的承诺，一个一个回头嘲笑你，你才知道承诺的威力，是如此强大而持久。

一份承诺，是一次与心的约定，不要总是伤心，也别再违背自己的内心。

被承诺绑架的人生，不是幸福的延续，只是苦难的开始。

过 了 期 的 想 念，
就 变 成 了 打 扰

天蝎对待一份感情总是很纠结，不知道你是真的对他有感觉，真的喜欢他，还是仅仅是喜欢这种被人宠、被人爱的感觉。请你通过语言或者行动让天蝎知道。

如果是前者，他们会很高兴，因为他们也是这样经营着这段感情的；如果是后者，请告诉他们，让他们知道，自己是在正确的时间遇到了错误的你。

当天蝎知道一份感情是错误的，或者过期了的，他就绝不再去打搅。天蝎就是这个脾气："只要别人不理我，我决不会厚着脸皮打扰。"

被特别在乎的人忽略，会很难过，
而更难过的是你还要装作你不在乎。
但一旦感觉没了，
一切都不重要了。

不知道从什么时候开始，在什么东西上面都有个日期，秋刀鱼会过期，肉罐头会过期，连保鲜纸都会过期，于是你开始怀疑，在这个世界上，还有什么东西是不会过期的?

你曾以为自己爱得死去活来，没法放弃，可是，就在一个微小的节骨眼，你会突然清醒过来。思念，也是会过期的，依恋，也是会过期的。

过期，意味着不再被渴求，不再被需要。生命里会过期的东西实在太多，诺言会过期，眼泪会过期，爱会过期，等待一个人的心也会过期。

累了，就停下来，拍拍灰尘，让心灵重归洁净。

刻意去找的东西，往往是找不到的。天下万物的来和去，都有他的时间。

如果时光倒转，你想在更美的年华里，遇见他。

如果他一定要等到你流泪了，才明白你的悲伤，一定要等到你消失了，才知道你的存在，那么你给他的爱，终有过期的一天。

他不会懂你说"你忙吧，我不打扰你了"这句话的心情，他也不知道你说"你忙吧"，掺杂着多少委屈和想念。

他只会将这句话当成是一种烦琐、无意义、絮叨，甚至是打搅，久而久之，他对你的态度，变成了"烦"。

他不会懂你说"我没事，你忙吧"这句话的时候是多么的渴望得到一句关心，他不会懂你的"纠缠"和"无理取闹"的真意，他也不会区别"想念"和"打搅"的不同。

你该明白，有些话，适合烂在心里，有些痛苦，适合无声无息地忘记。当经历过，你成长了，自己知道就好。

等待太久得来的东西，多半已经不是当初自己想要的样子了。有些事难以左右，有些话难以开口。好在时光仁慈，我们还能拥有回忆。

没有人会陪你走一辈子，所以你要适应孤独；没有人会帮你一辈子，所以你要一直变强。

谁不是一边受伤，一边学会坚强。

一起看电影时买的薯片，放到保鲜袋里干燥保存，两天过期；一起逛花街买的清香栀子花，天天浇水晒太阳，花开一季；一起拍的大头贴相片，小心翼翼地藏进相册里，几十年后也会过期。

那么，你和他一起制造的回忆，如果只剩下你一个人保管，多久会过期呢？

你看，多年以前，你的矫情、你的浪漫、你的天时地利，到了今天，已经统统过期，更关键的是，当年陪在你身边的那个人，居然选择了中途退票离席。

你要知道，爱也有一个保质期，过期了的爱，留着也没有用。不如把它扔掉，再重新开始。

但是请你相信，恋爱时脱口而出的诺言，都是真心的，如同季节到时，树梢结成的果实那么真。

只是你也知道，果实从离树的那一瞬，就开始快速地迈向过期，若没能及时吃掉，再怎么香的果，都会变得腐坏难闻。

所以啊，恋爱中的诺言，到后来常令我们难受，并不是因为它当初就虚假，它们很真，只是过期了。

任何东西都有一个保质期，誓言过了保质期就不再是誓言，而爱情，也需要保鲜。

真正美好的爱情，应该抵得住流年，经得起争吵，忍得住思念。这样的感情不是靠甜言蜜语建立的，需要用时间来证明，需要用行动来实现。

爱情跟零食一样也有保质期，保质期一过，再美的爱情也会变质。要么平淡，要么再也不见。

愿你能够与岁月和解，相信这世上什么东西都有保质期，也明白，没有比心存感激更好的快乐方法。

时间就是这样，它让爱情有保质期，伤心有衰退期。

我觉得重要的人，我可以说他不好，
但是别人要说不好，**你试试看！**

与其他 11 星座的关系

最欣赏的星座——双鱼

最信任的星座——水瓶

最佳学习对象星座——金牛

最佳工作搭档星座——射手

最容易被影响星座——狮子

最易掌握的星座——射手、水瓶、双子、处女

最需注意的星座——摩羯、白羊、狮子、天秤

100%协调星座——巨蟹、双鱼

90%协调星座——处女、摩羯

80%协调星座——天蝎

同类型星座——水瓶、金牛、狮子

对立星座——金牛

天生一副严肃相；

外人看来理智、坚强、不可一世。

却是人间痴情种；

内心自虐、偏执、纠结到死。

天蝎理解不了的两件事

▶ 这人笨成这样，你们居然觉得他萌？

▶ 这人伪装的本领这么低端，你们居然看不出来？

被天蝎爱上感觉有这四种

时刻被掌控着，吃喝拉撒玩都得报告；

好像四处飘荡的心忽然有了归属；

无论捅了多大的篓子，都有人善后；

和他一起相爱相杀，斗智斗勇，情节精彩得堪比福尔摩斯探案。

爱 得 不 够，
才 借 口 多 多

天蝎的恋爱优势是懂得用各种方式去试探和考验对方是否是痴心绝对。恋爱中的人智商总会比平时低一些，但天蝎却不会如此。

即便是动了真心的天蝎也不会即刻表现出来自己的热情，他们会先试探和考验对方一阵子，对方只有通过了天蝎的测试才有可能成为天蝎的恋人。

如果你喜欢天蝎，请你坚持，若你在他面前偷懒、找借口，那么在他看来，那和"不爱"是一个意思。

也许这才是大人的感情：
放在天平上小心计量，你给我几分，我还你多少，
我们可以付出的东西是那么有限，
再也经不起虚掷和挥霍。

在最爱的人面前，你看起来会像个孩子。每个人内心都有个永不长大的孩子，那是本真的天性。所谓的成长与成熟，只是把"童真"锁进了笼子。

只有最爱的人，才能把那"孩子"解放出来。爱是直达内心的时光机，带你回归人性最纯真的状态。

但凡油滑世故的，只因爱得不够。爱得不够，所以才会借口多多。

不爱，就是不在一起的最好理由，其他的都是借口。

你要记住：一个人如果真的爱你，那你就一定会感觉到。

世界上，几乎每一个角落里，都有女生在问："为什么他没有给我打电话？""为什么他不来找我？""为什么他突然失去了联系？"

然后，这样的女生身边，总有一群劝解她的好友。好友总

是说，"他这样做只是因为太爱你了""也许他害羞""也许他自卑""也许他不知道怎么联络你""相信我，他肯定是喜欢你的"……

你要知道，你的朋友只是想赶快让你笑起来，却很少想该怎么让你清醒。事实是，也许他只是不想找你。

如果一个人真的喜欢你，他会动用一切力量去找到你。

这已经不是石器时代了，真正喜欢你的人，即便经历海啸、洪水，即使你消失在人海，大海捞针他依然会找到你。

如果他答应你的事却没有做到，哪怕那只是一个电话。不要给他找借口，如"他真的很忙所以忘了""至少他真的与我道歉了"……

他很忙，你也不轻松，有谁不忙？如果真的喜欢你就不会忙到忘记，如果忘记说明他不在乎你失望。一个人对自己想要的东西是永远不会说"忙"的。

如果他暧昧不清，不要替他解释："他以前受过伤""他想慢慢来""他习惯了自由"……

一个人若是真的喜欢你，就不会暧昧不清，就会昭告天下对你的所有权。如果喜欢你，但由于私人原因想慢慢来，他会立即把这一点明确告诉你。他不会让你猜来猜去，因为他不想让你失落而离他而去。

那么多的如果，其实都只有一个答案：他并没有那么喜欢你。

有时我们宁愿相信一个人是太害怕、太紧张、太爱前女友、太敏感、太忙、童年阴影太多、太累……却不愿意看清很简单的事实。

是的，他不是太忙，不是受过伤，不是有阴影，不是遇到了意外，不是手机掉进了火锅，不是有健忘症，更不是你已经坚强到可以令他不担心，他只是没有那么喜欢你而已。

于是有人问说，要怎么去相信，他是喜欢你的。在这个所有规则都可以被打破，所有道德都在慢慢消散的世界里，要怎么去坚定地相信？

请你，永远别相信规则，相信自己的感觉。

你要记住：这个时代需要你有一点自欺欺人的能力，这种能力会告诉你，他其实很爱你，叫你放心投入地去对待一个人，没有怀疑、没有疑问揣测和试探。

在爱情里，请勇敢地、坚定地、拼命奔跑吧！然后，即使跌倒，你也可以说，自己是华丽的。

世界上最不公平的事情，一定包括感情的一部分。痴情的人有他的一番说辞让人无法反驳，提出分手的人一副不忍却又不得不为之的模样——人人都有自己的道理，人人都有自己的苦衷。

然而，你应该知道，除了不够爱，其他的都是借口。

啊，今天你用了我的牙膏。

好吧，明天我一定要用你的洗头膏！

两个天蝎的对话和心里活动

A："你确定你要我走?"

B："　　，你走吧"

B："你　　真走了?"

A："你竟然不留我?"

爱 与 爱 过，
隔 了 一 个 曾 经

天蝎座怀念一切值得记忆的东西，但很少有人知道他们依然还在怀念。天蝎爱得比谁都深，所以导致了寂寞。

天蝎座鄙薄一切肤浅的喧嚣，也不屑与之为伍，他们对感情要求得太高、太纯粹，所以害怕受伤害，所以容易封闭内心。可一旦被谁闯入内心，就好像遇见了千载难逢的知己，其实多数是自己一厢情愿的。

天蝎珍惜那个走进内心的人，但又因为太过珍惜，而经常被久久地困在回忆的"牢"里。

笑起来像个孩子，冷起来是个谜

我和你的不同在于，你宠爱我的那些方式，

今后依然会拿来取悦其他人；

而我交付给你的那些，

却无法再赠予第二个人。

过错是暂时的遗憾，错过则是永远的遗憾。

人世间所有的爱情都是有期限的，世界上没有一样东西能为爱情保鲜。或许天长地久只是一种幻想。记得谁曾说过，永恒的是日月星辰，人太脆弱了，不需要永恒。

从最初的海誓山盟到绝望的黯然神伤，从单纯的心不设防到伤害后的遍体鳞伤，当一段感情不可能再继续，当一个人再也不可能相偎依，曾经的爱情就成了伤害的代名词，美丽的誓言就成为伤害的记忆。

当梦境的画面定格为生活中的真实，原来擦肩而过才是多数人最终的结局。

当幸福只剩下布满伤痕的记忆，当记忆只是那擦肩而过的悲戚；当遇见的惊喜化为等待的传奇，当传奇只是那烟花般的绚丽，谁还沉浸在谁心湖的水底？谁又能成为谁生命中的奇迹？

然后你才意识到，爱那么短，而回忆竟那么长。

有些人，你以为可以再见；有些事，你以为可以继续。可也许在转身犹豫的刹那，就再也见不到，再也无法继续了……

当太阳落下又升起来的时候，一切都变了，谁都无法回到最初。

不要等到想要得到爱时才去付出。人生就像一场没有彩排的戏，在等待中错过了美丽，便是后会无期。尽管爱与爱过只差一个字，却隔了一个曾经。

不要等到孤独时，才想起你的朋友。他们是你最宝贵的财富，是可以继续一辈子的情谊。彷徨迷惘时，他们是你最忠实的听众，从来没有怨言，有的只是包容和关爱。

不要等到有了职位才去努力工作。有的人为了一个位置等待了一生，等到白发时，才觉悟人生的意义远非如此。这世界一直都很精彩，越努力，就会越幸福。

不要等到失败时才记起他人的忠告。忠言逆耳利于行，良药苦口利于病。当你被美丽的赞美和奉承迷惑时，你离失败也就不远了。

不要等到生病时才意识到生命的脆弱。身体和灵魂是相互支撑的。健康的身体才能收获完美幸福的人生，羸弱的身体注定要遭受痛苦和折磨。

不要等到分离时，才后悔没有珍惜感情。是谁把光阴剪成了烟花，只一瞬间，繁华落尽？是谁把缘分编排得如此决绝，一旦错过，便成了失去？

不要等到有人赞赏你时才相信自己。一个人有一个人的活法，关键在于有着什么样的心态。也许自己眼中的地狱，正是别人眼中的天堂；也许自己眼中的天堂，却是别人眼中的地狱，生命就是这般的没有逻辑。

不要等到腰缠万贯时才准备帮助别人。赠人玫瑰，手留余香。帮助别人的过程，也是为自己生命加分的过程。这个世界上，能够为别人减轻负担的人，终究不是碌碌之辈。

大字报

有精神洁癖，是他的谁都不许抢，不是他的，谁都别靠近！

谦虚谨慎识时务，低调努力不瞎作。

光明磊落，一身坦荡。
有恩必报，有仇也必报。
从来不会做背地里捅刀子的事情，
任何反击都是当面完成！

恩怨分明，黑白绝不混淆。不太爱说话，但一
张嘴必定是经典语录。

时时流露着神秘感，
浑身上下都藏着秘密，

天蝎的占有欲绝对不是闹着玩的，
无论你是闺密、知己，还是路人甲乙丙丁，
别碰天蝎的人是和平相处的第一准则。

把爱与恨演绎到极致，
爱你时，可以为你撞南墙，
不爱你时，能把南墙推倒，压在你身上。

就算心里和你过完了一生，嘴里也不会表白的。

不要等到临死时，才发现要热爱生活。没有不会谢的花，没有不会退的浪，没有不会暗的光，没有不会好的伤，没有不会停下来的绝望。

那么，你在烦恼什么？

匆匆流年似水，淡淡铅华如镜。在每个人的生命中，总要遇到很多的人，发生很多的故事，或平淡悠扬，或刻骨铭心。但随着时光的流转，那人，那事，都已变成回忆中逐渐泛黄的旧照片。

也许偶然想起时或会心一笑，或黯然失神，可却早已不复当日那刻骨铭心的悸动。

请记住：懂得珍惜，胜过拥有。

别以为，你还有的是时间。

趁一切还来得及，去享受你的每一时刻；趁一切还来得及，果断上路，去看看这个世界；趁一切还来得及，快去孝敬你的父母，亲人只有一次缘分；趁一切还来得及，去珍惜你的爱人，下辈子无论爱与不爱，都不会再见……

一辈子不长，不要让珍惜变成惋惜。

有 些 人，
我 们 一 直 在 错 过

爱天蝎并不容易，因为天蝎太倔强，太追求完美，
眼里容不得一粒沙，受不了一点儿背叛。

曾经是这样，现在也是，即便时间已经磨平了天蝎
的棱角，可本性终不改。

如果第一感觉喜欢一个人，天蝎就会褪去冷冷的外
表，真心与之建立感情。而那些第一感觉就很不好
的人，天蝎不仅不会放下冰冷的面具，拒绝的姿态
还会越发明显。

别问他为什么，他会回答你"不喜欢就是不喜欢"。
所以，如果天蝎有意和你接近，请你珍惜，如果他
们反感你，请你趁早识趣地放弃。

你是什么样的人，就会遇到什么样的人。有一些东西错过了，就一辈子错过了。人是会变的，守住一个不变的承诺，却守不住一颗善变的心。

有时候执着是一种负担，放弃是一种解脱，人没有完美，幸福没有一百分，知道自己没有能力一次拥有那么多，也没有权要求那么多，否则苦了自己，也为难了对方。

也许无言才是最好的安慰，也许回忆是最好的结局，傻瓜也都一样，都逃不过悲伤，因为有梦在心上，所以甘心流浪。

有些缘分注定要失去，有些缘分注定不会有好结果的，爱一个人不一定要拥有他，但拥有一个人，一定要去好好爱他，不要轻言放弃，否则对不起自己。

如果一个人本来就不是你的，那你何必自作多情地错过来错过去？越是觉得错过，也就越是充满了遗憾，要知道，所有对过去的遗憾，都会变成对当下的不满，何必呢，徒增烦恼。

笑起来像个孩子，冷起来是个谜

你和他，只是一起走了一段路而已，何必把怀念弄得比经过还长？

当我们再回首时，沉淀的可能不只是记忆，那些如风的往事，那些如歌的岁月，都在冥冥的思索中飘然而去。

拥有的就该要珍惜，毕竟，错过了的，是再也找不回的。

生命中有很多缘分，都是可遇而不可求。有多少人，从熟悉渐渐地变得陌生；又有多少主动，过多的被视为是自作多情。

若有缘，不请自入；若无缘，求也无用。其实缘分，顺其自然最好。不珍惜你的，说了珍惜也会离开；能珍惜你的，不说珍惜，也会一直在。

陪你的人，因暖心而情义交换，才离不开；懂你的人因疼惜而无可取代，才不离开。

其实幸福的人不是拿到了世上最好的东西，而是珍惜了手上已经拥有的人。

人生是一场苦旅，走久了，才知道倦累；人生是一次跋涉，走长了，才知道艰难。

一个选择从此熟悉或陌生；一个念头从此咫尺或天涯。

不是每一场缘，都能永远；不是每一段情，都有结局；不是所有的心都伤得起，不是所有的人都可以错过。

有时，一次伤害，就是一生；一次错过，便是无法挽回。对待人心，需要真心；对待感情，需要用心。

有的人用尽全力珍惜你，你却不在意；有颗心一直为你等待，你却视而不见。

有多少情，不被重视，所以走开；有多少身影，不被珍惜，变成背影。

感情，不去论对与错，只有真不真；缘分，不去说长与短，只有珍不珍惜。

不要把一个对你好的人弄丢了，一辈子碰到一个这样的人不容易，错过一辆车，可以等，错过一个人，也许就是一辈子。

笑起来像个孩子，冷起来是个谜

你 我 形 同 陌 路 ，
相 遇 只 是 恩 泽 一 场

天蝎是一个非常极端的星座。当他生气的时候，要么请你哄得有诚意一些，要么你就干脆别哄，哄得不情不愿的，他会比以前更生气。

天蝎的极端体现在为人处世上就是固执。人群之中，天蝎不懂得夸夸其谈，他们只是有自己的想法，不想无谓地去争执。有时候，他们把生活看得很淡，有时候，他们也最难释怀。

天蝎一旦有了爱情，就再也没有独身的概念。因此，天蝎越爱越累。

多少曾经形影不离的人，如今却都已形同陌路。
也许有些相识，注定就是一场美丽的错误，
错了也就过了。
但既然做不到形影不离，
形同陌路也未尝不是个好的结局。

这世上总有一个人是你一旦遇见就再不能割舍的。遇见之前，你所经历的一切都是为了等待，而遇见之后，你所要经历的一切都是为了相守。

生命前方，是无尽的衰老，我们笔直地跌落进去，别无选择。而那个人，从此不见，他笑时露出的牙齿，他说话时慢慢的语调，他跳过水潭的轻巧，一切你看在眼里，藏在心里，以备在回忆时寻路返回的记号，就此与你无关。

你还在等那个人吗？你还在为一份爱坚守吗？

即便过了很多年，你婉拒了很多人，你甘心成为这些人生命中的过客，你甘愿耗费掉最好的年华，却依旧执迷不悔，只为一个他。只为他能够赠与你一场地老天荒的欢喜爱情。

为了这场空欢喜，你等了那么多年，你在你漫天风雪的期待里披荆斩棘，只为他能够如约而来。

你说你愿意等，可是，你有没有想过：纵你如花美眷，也

笑起来像个孩子，冷起来是个谜

敌不过似水流年。

你喜欢的情歌都那么美好，却与你们无关；你等的人那么优秀，却终究不是你的良人。

你甚至做好了准备，为他，愿将来生典当，你下了这么大的赌注，将命运的转盘转动，只为与他豪赌一场，只为看看他是否会不辞冰雪、披荆斩棘地奔赴而来。

可是，幸福右边，荒无人烟。

你一直傻傻地不停许愿，祈祷在某个风光明媚的街角，遇见他，然后泅渡一个世界，共赴一场生死。

原来，有许多事情，一直都不曾忘记，只是被记忆封存，放在心里最深的角落，自己不去想起，却也不让外人触及。只是，偶尔的想起，却还是格外地心痛。

有一种借口叫年轻，可以不珍惜时光，不珍惜爱，不珍惜一切来之不易的东西；有一种感情叫错过，错过爱，错过可以相守的人，错过一段刻骨铭心的情。

本以为最坏的结果不过是万劫不复，没想到竟然还可以形同陌路。

其实，我们每个人的内心深处都有一个脸谱，你一直在等待遇见一个人，此人能让你锥心难过或者无比快乐。

此人此刻可能就在你不远的地方，你可能因为系了一次鞋带而失去和他遇见的机会，然后一辈子不再遇见。

就像你和他的这场相遇，没有抑扬，亦没有顿挫。故事平淡得犹如一眼清泉，轻轻地、静静地，流淌在岁月的长河里。不起波澜，偶有涟漪。

爱情可以很简单，就是我很想和你在一起，你想的也跟我一样。爱情可以很复杂，我很想和你在一起，你想的也跟我一样，可我们就是不能在一起。

有多少人，明明分手了，却还爱着；有多少人，明明还爱着，却已经放手了。

就算，你和他最终形同陌路，但请相信，这场相遇也是一场恩泽。只有你配得起这样的恩泽。

第四辑

不随便开始，不急着妥协

别说你懂天蝎，天蝎没你想象的坚强，只是他们明白：把伤口显露给别人看，毫无意义。在天蝎平静而冰冷的表情背后，或许早已伤痕累累。他躲起来，是为了更好地疗伤。

如果你看得懂，你会知道这背后隐藏了多少故事。天蝎不是爱离经叛道的星座，而是内心有自己的一套行为标准和方式。越是成熟的天蝎，越是有原则，轻易不会妥协。

天蝎为了使生活整洁，会决绝地清理掉很多人；也会为了更长久地拥有，而坚定选择"宁缺毋滥"。

失 去 才 是 平 常 ，
而 得 到 只 是 幸 运

天蝎有着强烈的占有欲，他的东西说不准碰就不准碰，他要是讨厌你，就连吸一口他身边的空气，你都有被猛烈抨击的危险。

天蝎对待"失去"的态度比任何星座都要极端，他会因为失去而逐渐陷入一种无法自拔的狂乱之中，那些一反常态的行为和话语甚至会令人感到恐惧。

如果你在乎天蝎，请你理解天蝎的突然变化，他真的需要帮助，而不是故意要去伤害你。

笑起来像个孩子，冷起来是个谜

是你的，就是你的。
越是紧握，越容易失去。
我们努力了，珍惜了，问心无愧。
其他的，交给命运。
一个人思虑太多，
就会失去做人的乐趣。

再好的东西都有失去的一天，再深的记忆也有淡忘的一天，再爱的人也有远走的一天，再美的梦也有苏醒的一天。

所以请你不要因为害怕失去，而不敢去拥有，否则，你就失去人生。同样的，不要因为拥有什么，而担心它的失去，否则，你就失去了自我。

最好的心态莫过于，把失去视为平常，将得到视为幸运。

如果你不去遍历世界，你就不知道什么是你精神和情感的寄托，但你一旦遍历了世界，却发现你再也无法回到那美好的地方去，再也遇不到那么单纯温柔的人了。

于是你曾疑惑地问上天：是不是当我们开始寻求，我们就已经失去了？

其实，如果我们不去寻找、不去遇见，不去生产爱情、友情，不去感受生活，那么我们根本就没办法知道，自己身边的一切是如此可贵。

谁都不可能和谁在一起一辈子，谁也不可以总是在得到。每个人都是这样，必须去习惯失去。

对于你而言，成长的过程就是一个学习接受的过程，这个过程意味着"不回头"，只为自己没有做过的事情后悔，不为自己做过的事情后悔。

人生的每一步前行，都是需要付出代价的。你得到了你想要的一些，失去了你不想失去的一些。这世上的每个人，都是如此。

有些事，发生了就只能接受。有些人，失去了就只有放手。有些路，选择了就没得回头。所以，对待生命，你不妨大胆冒险一点，因为好歹你要失去它。

如果这世界上真有奇迹，那只是努力的另一个名字。生命中最难的阶段不是没有人懂你，而是你不懂你自己。

人，一简单就快乐，但快乐的人寥寥无几；一复杂就痛苦，所以痛苦的人熙熙攘攘。因为，人的天性是习惯于得到，而不习惯于失去的。我们比较容易把得到看作是应该的、正常的，把失去看作是不应该的、不正常的。所以，每有失去，就不免感到委屈。

笑起来像个孩子，冷起来是个谜

人们说，直到失去了你才会知道拥有过什么。事实上，你一直知道你拥有什么，只是你以为你永远不会失去它。

有时候，上天没有给你想要的，不是因为你不配，而是你值得拥有更好的。一些该拿起的要拿起，一些该舍弃的要舍弃。因为，只有让该结束的结束了，该开始的才会开始。

有些事，等失去了，才知道珍惜，但有些事，只有失去了，才知道不值得珍惜。

生活就像一架钢琴：白键是快乐，黑键是悲伤。但是，要记住只有黑白键的合奏才能弹出美妙的音乐。

若不尝试着做些能力之外的事，你就永远不会成长；若不懂得珍惜已经拥有的东西，你注定会经受更多次的失去。

你和所有的人一样，都在失去中得到一些，不断跌倒中成长一些，不管付出的代价是否是你乐意的，都向前走了些。

做过的傻事别忘记，当成乐事回忆；走过的路自己知道，当成以后前进的梯子。总有一天，你要用自己的力量站稳，用你自己的方式站稳，去保护你想保护的人。

也许，一个人要走过很多的路，经历过生命中无数突如其来的繁华和苍凉后，才会变得成熟。

我们经常忽略那些疼爱我们的人，却疼爱着那些忽略我们的人。我们经常对已经失去的东西耿耿于怀，却对眼前的美好视而不见。

不论你的生活如何卑微或美好，你都要面对它生活，不要躲避它、不要忽视它，更别用恶言咒骂它。

时间在流逝，生命中人来人往。愿你不要错失机会，告诉他们："你对我很重要。"

不随便开始，
不急着妥协

天蝎座总是会不定时地有种孤独感，尤其是单身久了的天蝎，即使身边有爱人、亲人、朋友，这种孤独感都势不可当。

天蝎们既会恐惧孤独，也会享受孤独，就这样一直矛盾下去，无法自拔。这可能也和天蝎与生俱来的伤感性格有关。

天蝎在等一个可以懂他的人——不论是友情，还是爱情。

我们一直觉得妥协一些、将就一些、容忍一些可以得到幸福，但当你的底线放得越低，你得到的就是更低的结果。

不要总抱怨自己遇到的人都不靠谱，如果别人总这么对你，那么一定是你教会了别人用这样的方式对你。

妥协是一门艺术，不知妥协的人最终只会变成孤家寡人，而不会掌握妥协的度，那就是一个懦弱无能的人。

其实，生活中大半的麻烦是由于你"Yes"说得太快，"No"说得太慢。温柔要有，但不是妥协。我们要在安静中，不慌不忙地刚强。

你要知道，每个人都将有妥协于这个世界的一天，那时的你会被这个世界完美地驯养，但是在最后的那次妥协之前的每次不妥协，都是极为宝贵的财富，那将是你更好地生活下去的资本，是你将来的美好生活的最大储蓄。

对感情或生活，最好还是保持点儿洁癖，不要随便开始，不要急着妥协，真正值得的东西都不会那么轻易。

想必有人问过你，"有对象没？"

你无奈地摇摇头，答道："呵呵，没有。"

"不会吧，不可能吧……"那人一脸惊诧，而你一脸无辜。

其实，这是真的，不是没人追，没人要，只是没有合适的；不是眼光高，要求多，只是没有感觉。

说到感情，或许我们都住在玻璃屋里，不该乱丢石头，因为谁都不知道会发生什么。有些人能安定下来；有些人妥协了；有些人拒绝妥协，他们仍在寻找心动的感觉。

我们都在最没能力给别人承诺的时候遇见最想承诺的人，也在为了理想不得不前进的时候遇到最想留住的人。往往这样的情况下，我们都因为很多的不得已，而失去了最爱的那个人。

也许有时想恋爱，想让自己不再寂寞，可

是那个人却没有，所以不想随随便便地去爱了。

有时候当自己静下心来会觉得自己的执着很可笑，为什么不去恋爱？为什么要让自己单身呢？难道是爱上了孤独，爱上了寂寞吗？

其实不然，因为有一种单身叫"宁缺勿滥"。

你对爱很专一也很执着，有独特的思想，也能够坚持自己。在茫茫人海中，你只想找一个能让自己对上眼的人，也许在别人眼里那很傻，可是这样的傻只是想对得起自己的心。

让自己孤独、让自己寂寞就是不可以让自己随便和人交心，因为想要对得起自己的感觉。

所以你不会轻易地去恋爱，也不会去欺骗别人，更不想去骗自己，你相信爱是纯洁的、互相的，但如果一旦遇到那个人，你就会坚持不懈，用心去爱。

你懂得尊重感情，尊重彼此，不论是朋友，还是恋人，你都不会随便开始，但一旦开始，那么就会是最珍惜的那个。

可当你遇到一个喜欢自己，但自己对对方没有好感的人，你也会礼貌而郑重地向对方说明白，绝不会让自己陷入暧昧不清、纠缠不止的情感旋涡中。

笑起来像个孩子，冷起来是个谜

否则，就会既辜负了自己，也伤害了别人。尊重自己的感情也是尊重别人的感情。

你不愿去取悦不喜欢你的人，或者去爱不爱你的人，或者对那些不想对你微笑的人微笑。因为你知道，一个人如果能够目光笃定、眼神骄傲地说这句话的时候，这个人根本不害怕失去——少几个不喜欢、不接受自己的人，那能叫"失去"吗？那叫清理门户。

不要轻易开始一段感情，只有你内心足够温暖时，再去开始，如此才得以有光芒照亮相逢之人的内心世界。

最寂寞无助的时候不要去爱，哪怕真的很需要一点点温暖。若心孤苦寒凉时，一段感情或许是最好的稻草。可那终究不是爱，只是一床为了熬过寒冬的棉被，春来便无用。

热 的 时 候 像 火 ，
冷 的 时 候 像 冰

天蝎就是一眼定生死，见你第一面就已经把你归好了类，摆好了位置，顺便还上了锁，从不反悔。

天蝎看你顺眼，就算你之后性格再差也舍不得让你离开；看你不顺眼，哪怕后来再有感觉，也会扼杀在摇篮里。归根结底一句话，天蝎对你是爱是恨，全靠缘分。

天蝎的感情里没有暧昧的中间地带，天蝎眼里只有爱和不爱两个极端。

笑起来像个孩子，冷起来是个谜

每个人心里都有一团火，路过的人只看到烟。但总有一个人能看到这团火，然后走过来，陪你一起。

而你要做的，不过是带着你的热情，你的冷漠，你的狂暴，你的温和去迎接那个人。你结结巴巴对那个人说："你叫什么名字？"

从你知道他叫什么名字开始，你便再也藏不住热情。

你看，你可以对不想深交的人装得很热情，也可以对有些生疏的人装作很熟络，唯独喜欢装不出。表面上努力装作镇定，其实心里泛起的喜欢全都从眼里飞出泡泡来了。

喜欢一个人，就是这样，可以把所有的喜怒哀乐统统维系在他身上。耗出所有热情，以为得到了整个世界。横冲直撞，一味付出，不怕伤不怕疼，最终遍体鳞伤还觉得很过瘾。

你天真地以为，热情总能融化一颗冰冷的心，最后才发现只是自己太天真，原来真心并不能打动一个人。你愚蠢地亲身实践了这一点。

　　但你也知道，你的这些努力并没有白费，这些经历让你懂得了用热情和冷漠去区别对待后面遇到的人。

　　这些经历让你知道，无论跟谁相处都好，都不要过分热情到让对方觉得你离不开他，否则你就会被伤害到体无完肤。

　　从此以后，你学会了与这个世界保持最合适距离，不过分热情，不刻意冷漠，在众人视线之内，经得起眼光的聚焦，像带着使命的棋子，一枚是一枚。

　　这样的你，成了有自知之明的人，这样的自知之明并非只是自己看得清自己，而是能明白：不要亏欠每一份热情，也不要讨好任何的冷漠。

　　你在生产感情的工厂里是个最懒惰的人，至少在认识新朋友这方面，实在打不起精神从头到尾去了解一个人。但你又深知你的懒惰导致你失去了一些朋友，彼此说了过分的话，却又不去追溯哪里出了问题。

　　所以现在才明白，修补裂痕、解清误会一刻也不能等。

人和人之间的关系其实没那么无坚不摧，一不在意，就变成陌生人了。你看，冷漠多么容易，再热情起来，就很难了。

其实大部分人，这一生能造成的伤害有限。也就是，让相信你的人上上当，让等待你的人着着急，让在乎你的人担担心，让重视你的人流流泪，让深爱你的人伤伤心。然而大部分人，并不知道窝里横代表无能。

到后来，你才明白，不爱才是最好的状态。

不爱的时候，心情最为平静，心态最为平稳，性情最为淡泊，与他人最好相处。没有多余的热情，没有多疑的猜忌，没有受伤的敏感，没有变态的恼怒，没有期望的焦虑，没有失望的伤心，没有不着边际的幻想。

有喜欢的风景就用手机随时拍下来，有喜欢的衣服就毫不犹豫买下来，有喜欢的食物不管会不会发胖尽管消灭它，有喜欢的歌就别怕五音不全大胆学着唱，有喜欢的地方就趁着热情去，有喜欢做的事趁着年轻去做。青春宝贵，哪管那么多可不可能或行不行。

不论是对一个人好，还是做一件事情，只有最初五分钟热情的，叫失败者；最后五分钟仍有热情的，叫成功者。

喜欢一个人久了，喜欢就会自然而然地变成一种习惯，并不是不爱，只是当初的新鲜感没有了，取而代之的是生长在骨子里的感情。

或许你愚昧，认为没有了当初的感觉，热情总会变冷淡，但请你想清楚，你们经历过多少才走到现在。就像一件随身的物品，拥有久了你甚至都感觉不到它的存在，但失去之后你会大失所望的。

愿你懂得珍惜，珍惜这个世界给予自己的美好；愿你懂得守护，守护自己拥有的热情和温度。

你走的路与众不同，
不代表你迷失

天蝎在自己很擅长或者很了解的领域里，是很难被别人说服的。

你要记得，如果你觉得天蝎被你说服了，那也只是，天蝎尊重你的想法，而不是赞同你的观点！

不了解天蝎的人会觉得天蝎喜欢依赖别人，但了解天蝎的人肯定会被他"爱自由"的生活态度所吸引。对天蝎而言，如果只是得到身体上的自由，思想上依旧难以独立，那么这依旧是奴隶生活。

有人羡慕你，有人讨厌你，有人嫉妒你，有人看不起你，没关系，他们都是外人。生活就是这样，你所做的一切不能让每个人都满意。

不要为了讨好别人而丢失自己的本性，因为每个人都有原则，别人嘴里的你，不是真实的你。

一样的眼睛，不一样的看法；一样的耳朵，不一样的听法；一样的嘴巴，不一样的说法；一样的心，不一样的想法；一样的钱，不一样的花法；一样的人们，不一样的活法。

当你受了欺负退一步海阔天空时，别人说你懦弱；你要拼个你死我活时，别人又说你鲁莽；当别人指着你的痛楚大笑时你生气，别人说你开不起玩笑；你赔笑，别人又以为你是个软柿子好捏……

所以，千万别为别人而活。

你不可能让所有人满意，你要有自己的思想和原则，决定

笑起来像个孩子，冷起来是个谜

去做，就要坚持。每个人都会长出自己的形状，正是独特才好看。

在独特的背后，往往是一些不足与外人道的辛苦。你固执地做一件事情，只为做这件事的意义本身。在你看来，所谓的成功，只是一个结果，它也许水到渠成，也许永无来日。

但是你知道，所有与众不同的东西，在制造的过程中是枯燥的、重复的和需要耐心的。

但你愿意成为与众不同的人，因为你的人格是独立的，所以即便你走的路与别人不同，那也并不代表你迷失了。

不论当下的你穿着什么样的鞋子，请坚持自己的方向，终有一天，当你回头观望时会发现，途经的每一条路，都是风景。

不论是生活，还是感情，都需要你的独特。

如果你说为了某个人，你可以放弃一切，包括生命和尊严，那爱情就离背叛你不远了。一个不把自己当回事儿的人，没人会把你当回事儿。

什么都愿意放弃的人，别人当然可以无所顾忌地抛弃你。一个人如果没有原则，没有自我，便没有独特的魅力。

人与人的相遇因独特而喜欢，最后却由不一致而陌路。因为你是我遇见最不一样的那个人，所以我不需要你变得和我一样。

你说话时，他会听；你需要时，他会在；你转身时，他还在，这就是最好的感情。

如果在身边时，你觉得他太近了，不珍惜；他走时，你觉得远了，可为时已晚。

无论你的起点多么低，你从今天坚持一件事情做上二十年，只要你肯稍稍总结，可以悟，你都会是一个独特的人。未来都在今天的设计中，而不在我们的憧憬里，当然更不在抱怨声中。

与其在羡慕别人，倒不如肯定自己。每一个人来到世间，都是一个独特的坐标和风景。

别人所拥有的，你不必去羡慕，只要你努力，你也会拥有；自己拥有的，你不必炫耀，因为别人也在奋斗，也一定会拥有。

任何你的不足，在你成功的那一刻，都会被人说成特色。坚持做你自己，而不是在路上被别人修改得面目全非。

所谓的信念就是，"无论今天我多么彷徨迷茫，最终，我都要过上我想要的生活。"

生活有两大误区：一是生活给人看，二是看别人生活。有些话，说与不说，都是伤害；有些人，留与不留，都会离开。

你要学会权衡利弊，学会放弃一些什么，然后才可能得到些什么。低调做人，高调做事，然后用平和的心态来看待世间的一切。

只怕心老，不怕路长。任何一颗心灵的成熟，都必须经过寂寞的洗礼和孤独的磨炼。

不 是 时 间 待 你 宽 容，
而 是 你 对 时 间 有 耐 心

爱记仇是天蝎公认的属性，所以，不要惹天蝎！

有人说天蝎座心狠，说他们能够很快地忘记过去的人和事，而如果你走进了天蝎的心里，你会发现，他们其实很难转身，也舍不得忘记，即便那些人和事曾带给天蝎的是伤痛。天蝎善于把自己小心地包裹起来。

天蝎很怕自己心爱的东西突然间地消失，怕自己太依赖，怕得到的会是幻想。人们之所以会觉得天蝎冷漠，其实，那只是天蝎对自己的保护而已。

笑起来像个孩子，冷起来是个谜

有些路看起来很近，可是走下去却很远的，
缺少耐心的人永远走不到头。
人生，
一半是现实，一半是梦想。

　　那么多当时你觉得快要了你的命的事情，那么多你觉得快要撑不过去的境地，都会慢慢地好起来，一切痛苦都会成为过去。

　　耐心点，坚强点，总有一天，你所受的磨难会有助于你。

　　遇到那些你暂时不能战胜的，不能克服的，不能容忍的，不能宽容的，就告诉自己："凡是不能杀死你的，最终都会让你更强。我要对时间有信心。"

　　既然我们都懂得抱怨于己无益，也就一定要时刻提醒自己：只要是对自己有益的事情就要千方百计地去实践。

　　不要急着让生活给予你所有的答案，有时候，你要拿出耐心等等。即使你向空谷喊话，也要等一会儿，才会听见绵长的回音。

　　也就是说，生活总会给你答案的，但不会马上把一切都告诉你。只要你肯等一等，生活的美好，总在你不经意的时候，盛装莅临。

慢慢地，每个人就都看开了。你行经于世间，也不过花开花落一个瞬息。而你不得不相信，有的人能把伤感陈酿得柔软而郑重，有的人却把快乐过得单薄且并无耐心。

这世上，不是只有烈酒才能醉人，不是只有热恋才会刻骨。有时候，一份清淡，更能历久弥香；一种无意，更能魂牵梦萦；一段简约，更可以维系一生。

只有经受住狂风暴雨的洗礼，才能练就波澜不惊的淡定。

人总会遇到挫折，会有低潮，会有不被人理解的时候，会有要低声下气的时候，这些时候恰恰是人生最关键的时候。

在这样的时刻，我们需要耐心等待，满怀信心地去等待，相信，生活不会放弃你，命运不会抛弃你。如果耐不住寂寞，你就看不到繁华。

很多美好的东西，都是等来的，不是抢来的，而等待需要耐心。失去耐心之时，也是我们与幸福擦肩而过的时候。

但凡有耐心的人，往往能笑到最后。所以，别着急，好事在后头。

该来的始终会来，千万别太着急，如果你失去了耐心，就会失去更多。该走过的路总是要走过的，从来不要认为你走错了路，哪怕最后转了一个大弯。

这条路上你看到的风景总是会属于你自己的，没有人能夺走它。

人，可以真实地活着，但不要太认真。走过一段路，总想看到一道风景，因为已经刻骨铭心；想起一个人，总会流泪。

生活总是起伏跌宕，不要抱怨什么，你就是再快乐，也会有烦忧；你就算再倒霉，亦会有幸运。

不管你的条件有多差，总会有个人在爱你；不管你的条件有多好，也总有个人不爱你。在对的时间遇到对的人，这是一种缘分。而这种缘分恰恰需要耐心等待，需要经历种种挫败才能遇见，在你的世界中总会有个人比想象中爱你。

人生如路，须要耐心。走着走着，说不定就会在凄凉中走进繁华的风景。

在一切变好之前，我们总要经历一些不开

心的日子，这段日子也许很长，也许只是一觉醒来，所以耐心点，给好运一点时间。

有些事情是急不来的，等到条件成熟时，自然水到渠成。世界上那些了不起的成就，大多是由耐心堆积而成的。

耐心，意味着要经得起眼前的诱惑，耐得住当下的寂寞。耐心不是外在的压抑，而是内心的修行。

不要去采摘那些还没有成熟的果实，否则，你的生活一定是苦涩的。

宁 可 孤 独 ，
也 不 违 心

所谓极端，就是要么 0，要么 100。这种极端在天蝎这就是感情，不喜欢的别想天蝎能付出一点点，喜欢的他能倾尽所有。

天蝎真正能够交心的知己，一般是两类人：一类是心思很单纯的，不会怀疑天蝎的动机和为人；另一类是很有智慧的，看得到天蝎的聪明，却明白天蝎不会动用心机。

也许，天蝎的固执，注定了天蝎要单身很久。可天蝎就是这样坚持自我的性格。

我们总是在意别人的言论，不敢做自己喜欢的事情，追求自己想爱的人，害怕淹没在飞短流长之中。其实没有人真的在乎你在想什么，不要过高估量自己在他人心目中的地位。

你生活在别人的眼神里，就会迷失在自己的心路上。

有没有人爱，你都要努力做一个可爱的人。不埋怨谁，不嘲笑谁，也不羡慕谁，阳光下灿烂，风雨中奔跑，做自己的梦，走自己的路。

一个人的状态挺好的，想看书了就看书，累了就睡觉，想吃啥就吃啥，不想联系就自己安静一阵子，出去旅行或是宅在家怎么都好。

宁可孤独，也不违心。宁可抱憾，也不将就。不管生活如何百般引诱，你就是这样地决绝。

孤独是每个人都要做的功课，所以那些突然来袭的低落，

笑起来像个孩子，冷起来是个谜

突然降临的厄运，突然消失的爱情和友情，如果当下没有人可以和你共渡难关，也一定不要慌张。

你要相信，你本身就是自己最强大的依靠，因为那些人生中的小插曲、小伤感，它们虽然走了，它们也还会再来，随时随地。

当你可以直面自己身体里与生俱来的笨拙与孤独，你便能够彻底谅解过去的自己。

大多数人都是像你这样活着，虽不聪明，但诚恳；虽会犯错，但坦然。

孤独是这样的：你渴望被理解，但遇不到同频率的人，那不如不被理解。就像是有时候很烦想要找个人倾诉，但真开始倾诉了又发现不如不说。

没有人喜欢孤独，但比起别扭地相处，你更喜欢独处。到最后你会明白，只有面对好孤独，才能找到自己和世界的相处方式。

我们最孤独的，不是缺少知己，而是在心

途中迷失了自己，忘了来时的方向，找不到去时的路；我们最痛苦的，不是失去了珍爱的人与物，而是在灵魂深处少了一方宁静的空间，让自己在浮躁中遗弃了那些宝贵的精神；我们最需要的，不是别人的怜悯或关怀，而是一种顽强不屈的自助。你若不爱自己，没有谁可以帮你。

没人疼就自己疼自己，没人爱就自己爱自己！自己不疼自己，还有谁会疼惜你？

不要太在意一些人，太在乎一些事，顺其自然，用最佳心态面对一切，因为世界就是这样，往往在在乎的事物面前，我们会显得没价值。

哪里有人喜欢孤独，只不过不乱交朋友罢了，那样只能落得失望。

不要为了所谓的友情，违心地改变着自己，友情不在于你改变了多少，而是在于你坚守了多久。

不要为了所谓的爱情，让等待变成一种煎熬，你的奢望越多，它回馈你的可能越少。

不要为了所谓的面子，宁愿受伤也不回头，过分的纵容并不能换来尊重。

后来你才明白，原来每一个人生的当口，都是会有一个孤独的时刻，四顾无人，只有自己，于是不得不看明白自己。

真实地做出自己来，就是对这一段青春最好的礼遇。太过友善是一种病，病就病在企图取悦所有人。

过度友善的人，害怕拒绝，因为在你看来，拒绝别人同样是件伤面子的事。把面子看得比天还大，往往源于内心的弱小。事事害怕让别人失望，也是一种自卑。

生活总有点欺软怕硬，一个完全不懂拒绝的人，也不可能赢得真正的尊重。

如果有人讨厌你，你也一点也不用介意，因为你活着不是为了取悦他。

不喜欢你的人，看你全是缺点；喜欢你的人，连缺点都看成优点。所以请你不需要辛苦地改变自己，只要去找个懂你的人就可以。

做真实的自己，不要为了取悦别人或试图成为某个人，而变得违心。做你最原始的自己，比做任何人的复制品都活得舒坦、自在。

至 少 你 要 知 道，
不 要 什 么 样 的 生 活

天蝎不怕吃苦，不怕受累，不怕面对困难，最怕的
是对极其相信的一件事或一个人最后却发现全是假
的，如果你辜负了天蝎的信任，你将永远失去他。

别看天蝎平时温和，其实是很有主见的，对和谁在
一起，怎么谈恋爱，吵架的时候谁对谁错，心里很
有自己的一套。你别在后面指指点点，否则他就会
想着你是不是要插一脚。

笑起来像个孩子，冷起来是个谜

不知道自己想要什么没关系，
但一定要牢记自己不想要什么。

当你什么都想要时，便接近了疯狂；什么都不想要时，便陷入了空虚；不知道要什么时，便迷失了方向。

当你要什么没什么时，便充满了无奈；没什么要什么时，便沦为了奴隶；要什么有什么时，便成为了宠儿。

当你终于知道了自己真正想要什么的时候，便充满了活力，目的明确；当你知道自己不要什么的时候，就会敢作敢当，敢爱敢恨。

或许是因为你找到了自己的坐标，所以你才可以快乐地做喜欢的事，也唯独在那时，上帝会附着在你的手中，让爱写作的你创造出传世的小说，让爱音乐的你谱就经典，让爱奔跑的你双腿腾空打破纪录……

你必须不断去尝试不同的东西，找到一样喜欢的，然后一直享受地做下去。总有一个奇迹是等着你去带给世界的，可能就在那些别人看来"没用"的傻事上。

人生最遗憾的，莫过于固执地坚持了不该坚持的，轻易地放弃了不该放弃的。

在人生的旅途上，一个人应该知道自己到底要什么，什么是自己最想做也最能够做好的事情。不过，在年轻的时候，我们对此往往是不清楚的，这将是一个逐渐清晰起来的过程。

所以，如果此时此刻，你暂时还不知道自己要什么，但你至少必须知道自己不要什么。

人世间充满诱惑，它们都在干扰你走向自己的目标，你必须懂得抵御和排除。

事实上，一个人越是知道自己不要什么，他就越有把握找到自己真正要的东西。

人，可以活得真实，但不要无趣；人可以一无所有，但不能放弃选择自己想要的生活。

有的时候，你选择坚持下去，并不是你真的足够坚强，而是你别无选择。但多数情况下，当你坚持追求自己想要的，并为之努力，结果都不会太差。

你要记住，生活坏到一定程度就会好起来，因为它无法更坏。努力过后，才知道许多事情，坚持坚持就过来了。

多数的错失，是因为不坚持、不努力、不挽留，然后催眠自己说一切都是命运。

当然了，坚持不等于纠缠。对的，才叫坚持；错的，就是纠缠。

你不坚定地离开那个不对的人，你没有坚定地远离那个不好的环境，你没有放下那个不切实际的幻想，那么最终痛苦的必定是你自己。

坚决地离开那些不对的，最大的顾虑是他人的眼光，以及所面对的损失——踏出去的一刻就意味着将一无所有，从零开始。

那些"他人"好心告诉你："生活就是这样，你不能由着性子来，别那么主观老想着开不开心，把不喜欢的事情勉强做下去，有天变成习惯就好了。"

于是，一个话很多、坐不定、脑袋里许多想法、充满热情的人，开始长时间地沉默与照规矩做事，让自己再也没有了当初的活力与创意，眼睁睁看着梦想从眼前离去，沮丧而无奈地重回那已经习惯了的麻木生活。

没有人为你负责，那些曾劝告你的"别人"，他们只是笑笑说，"当初可不是我逼你这样的，这是你自己选择，你不能怪我。"

倒也真是如此，当你有选择的时候没有选自己要的生活，能怪谁？痛苦活该，是你不勇敢。

不论是拒绝一个人、一件事，还是一种生活，越简单越好，越决绝越有效。你帮不上他，却还解释半天，只会让自己感觉亏欠了别人，或者让对方觉得你亏欠了他，徒增出许多烦恼。

明明是别人需要自己帮忙，是他亏欠你人情。如果你帮不上就明确拒绝，如果你这不好意思那不好意思，就成了你亏欠了他。

对待生活也是如此，不喜欢的，就大胆说"No"。

第五辑

等你发现时间是贼了，它早已偷光你所有的选择

如果天蝎为了心爱的人拔掉了身上的刺，卸下所有的伪装，你该知道他卸下的是保护色，给对方的是一颗真诚的心。天蝎的生命里一半是天使，一半是魔鬼，所以有多狠心，就有多善良。

你可能听到天蝎总说，要自己独立生活，不再去依赖；总说，要敢爱敢恨，拿得起放得下；总说，要自己做决定，自己做选择。可当天蝎爱上一个人时，却忍不住想依赖他，当天蝎受困于一件事时，便开始左右为难。

被欺骗过，被背叛过，天蝎还是会选择相信人。因为天蝎知道，只要信对了一个人，就会把自己所有的伤都治好。

等你发现时间是贼了，
它早已偷光你所有的选择

天蝎不喜欢等待，也不愿意让别人为他等待。

作为一个爱憎分明的星座，天蝎对于喜欢的执着，对于不喜欢的人与事也绝不会一拖再拖。

天蝎知道，等待太久的东西，已经不是原来的模样，拖得越久，耗掉的不仅仅是热情、真心，耗掉的还有选择的机会。

时光的残忍就是，
它只能带你走向未来，
却不能够带你回到过去。

　　有些事情，现在不去做，以后很有可能永远也做不了。不是没时间，就是因为有时间，你才会一拖再拖，放心让它们搁在那里，任凭风吹雨打，蒙上厚厚的灰尘。

　　而你终将遗忘曾经想要做的事、想要说的话、想要抓住的人。

　　你总觉得时间不够用，却又不知道你的时间去了哪里，日子一天天过，而你，一直是个好也不坏。

　　你总以为时间会等你，容许你从头再来，弥补人生缺憾，岂不知时光一去不再复返。日子在不经意间悄悄远行，而你就在希望与失望之中完成了成熟的蜕变。

　　成长，带走的不只是时光，还带走了当初那些不害怕失去的勇气，以及随心所欲的选择。

　　如果你不相信努力和时光，那么时光第一个就会辜负你。

不要去否定你的过去，也不要用你的过去牵扯你的未来。不是因为有希望才去努力，而是努力了，才能看到希望。

别等到有一天，当你发现时间是贼了，它早已偷光了你所有的选择。

你说要找一个人好好去爱，可是再也没有等到，反而错失了一个又一个；你说要陪一家人去旅行，可是总是没时间，拖了又拖，到现在也没有去成。

你说要跟朋友好好碰个头，可是总是还没来得及聚，就又各奔东西了；你说要一个人去想去的地方，可是总下不了决心；说要找个好的时间出门去拍拍照，可是到现在也没有去拍。

你想要去抱抱姑妈家可爱的弟弟，可是却老是没时间；想要回母校拍个照留个念，可是想到的时候已经来不及了。最后就真的，竟然再也没有时间去做这些事情了。

时间不等人，有些事情现在不做，就再也没有机会做了。

时间一直是个很奇妙的东西。有人说时间是魔法，无论多重的伤、多难忘的回忆，都能随着时间的流逝磨平，时间会把好的不好的都带走；又有人说时间是毒药，很多回忆很多伤害被困在时间的圆圈里面不断加深对你的伤害，让你更加痛苦。

其实时间一直是在一旁安静地流逝着，易变的波动的一直是人心。

小时候的我们没有钱，只有快乐的记忆。拍纸片，弹珠子，跳房子，嬉笑打闹，过得无忧无虑。

那时，几毛钱买来的玻璃珠子，我们可以顶着夏日，和小伙伴猫在地上，玩一个下午。

那时，几毛钱买来的水果冰棍，我们舍不得一口吃掉，小心翼翼地拿在手里，回味无穷。

那时，我们没有丰富多彩的游乐设施，只有一台老旧电视机，放着"大风车吱呀吱呦呦地转"。

时光，是一阵握不住的风，从指缝溜走，从每一段故事里路过，却从来不曾停留。

后来你才知道，对待时间，我们从来都不该抱着自私的奢望，因为每一种生活都是一种体验，至于生活的乐趣，只能靠自己去发觉。

其实，时间就是一颗药，你掌握好了它便

是解药，你肆意挥霍它便是毒药。

　　当你买得起巧克力的时候，也许你已经不再天天想吃了。当你可以随便玩电脑而没人管的时候，也许你已经懒得打开电脑了。当你优秀得足够让别人不会离你而去时，你已经不再非他莫属了。

　　时间在变，人也在变，以前苦心追求的，也许现在全都不想要了。

　　愿你把最好的自己留在最好时光里。时间总不能停留，那就好好活在当下，这样就不会在将来的某个日子里，悔不当初。

　　请记住，时光偷走的，永远是你眼皮底下看不见的珍贵。

你若不爱自己，
没谁可以帮你

孤僻的天蝎的本质是强硬和柔软并存，常使其背负黑锅，既不辩护，也不低头。

天蝎也因其很多时候过于忍辱负重，好比老实人发火，报复也就更显突兀强劲，反令真正的"祸首们"恼羞成怒，借机大肆渲染天蝎的邪恶。加上天蝎有隐忍的一面，从而导致了天蝎备受他人伤害。

天蝎并不擅长改善人际关系，更不善于有效地表达澄清自己，从而成为了十二星座里最不会爱护自己的星座。

不管你爱过多少人，
不管你爱得多么痛苦或是快乐，
最后你不是学会了怎样恋爱，
而是学会了怎样去爱自己。

这个世界既与你无关，也与你有关。与你无关，是因为它不会特别地对你好，也不会特别地对你不好；与你有关，是因为当你笃定地做自己的时候，这个世界会因为你，而变得更加绚丽。

所以，请你一定要拿出全部的精气神，去爱你自己，去见识这个世界冷酷又微妙的美。

每个人，都要和自己谈一场终身的恋爱。只有爱自己，你才能使得自己获得快乐；也只有爱自己，你才能让你身边的人快乐。

做一个对得起自己的人就是做一个爱自己的人。爱自己的人，别人才会爱。

谁能在浮躁时给你带来一份安静？谁能在孤独时带给你一丝温暖？谁能在失落时给你带来宽慰？谁能在寂寞时陪伴在你

身边？

很多时候，你都生活在焦虑之中，不是悔恨过去，就是担心未来。你总是对这个世界充满了警惕，生怕自己再受到伤害，因为你曾遍体鳞伤过。

而这一切，都是因为你不懂得爱你自己。

爱你自己，不是自私，不是自负，而是遵照自己的内心而活。

爱你自己，也不是为所欲为、盲目自大、不守规则，相反的是去尊重他人、包容他人。

爱你自己，首先要爱惜自己的身体，重视、珍惜、照顾好自己的身体。

要避免让自己受到外界的伤害，远离那些会伤害自己的人和事。

爱自己，你要懂得过有节制的生活。过度地沉迷于一件事，孤注一掷地去爱一个人都是危险的。如果一个人不爱你，选择转身离去，即使你还深爱着对方，也要克制自己的情感，尊重他人的意愿，不要纠缠不清，不要撒泼胡闹。

在情感上有节制，既是爱自己也是爱他人的表现。不要放纵自己，因为这对自己没有好处，只会让心灵更加空虚。

爱你自己，最重要的是你要学会尊重自己的内心。按照自己的心意而活，倾听自己的心声，不要因为他人的目光，挑剔自己，为难自己，委屈自己。

爱你自己，就是要把取悦自己放在取悦他人之前，不要为了取悦他人而去做会使自己痛苦的事情。

懂得拒绝他人是真心实意爱着自己的表现，你要全然遵从自己的内心而活，因为别人的眼睛只看得到你的外表，而只有你才能看到自己的内心。你要成长为自己心中喜欢的样子，像一株亭亭而立的美好莲花，不忧亦不惧。

爱自己，就是要有一颗强大的内心。

如果有人误会你，微笑着解释，不要用辩驳的姿态；你看风总是抽打着玛尼堆，石头从不辩驳，只是默默地坚持着。

如果有人嫉妒你，优雅地保持距离，不要用挑衅的姿态。你看麻雀总是嫉恨老鹰，老鹰从不介怀，只是远远地飞翔开。

如果有人伤害你，聪明地躲避，不要用决斗的姿态，你看猎人总是追捕雪狮，雪狮从不反扑，只趁月色踱步至那无人能及的崖端。

如果有人爱你，坦然地接纳，不需要谦虚的姿态，你看阳光照耀着雪莲，雪莲从不拒绝，而是用全部生命去盛开。

如果爱你是对方岁月里所有的快乐所在，那么理所当然地被爱，才是你最大的慷慨。

你要相信，那些看上去光鲜的人背后一定经历过万千烦恼，没有谁的成功是一蹴而就的，你受的委屈、摔的伤痕、背的冷眼，别人都有过，他们身上有光，是因为他们在扛下黑暗的同时，更懂得照顾自己的内心，让它更强大。

生活给了一个人多少磨难，日后必会还给他多少幸运，为梦想颠簸的人有很多，不差你一个，但如果连你自己都不爱自己，生活又怎会给你好脸色？

时 间 会 让 你 依 赖 一 个 人，
这 种 依 赖 比 爱 更 可 怕

天蝎座有一个显著的特征，就是习惯性地依赖人和规则的本性，这使得他们对"改变"充满了恐惧。

所有天蝎座都兼备"改革家的热情"和"保守主义者的行为方式"。

这种矛盾特征存在于天蝎一生的行为中。这就是天蝎为什么要么迟迟不动，要么就彻底颠覆的原因。

感情久了，就不是爱了，而是依赖。
然后当失去时，那并不是痛，而是不舍。

人生的道路上，有些事只能自己面对，每个人都想依赖，但你必须坚强。

因为爱情，你让自己担起整个世界；当那个原本美好的世界崩落，你才发现，那从来都不是你担当得起的。

曾有人说："提得起放得下的叫举重，提得起放不下的叫负重。可惜，大多数人的爱情，都是负重的。"

请你记住，在这个世界上别太依赖任何人，因为当你在黑暗中挣扎时，连你的影子都会离开你。

你想吃苹果，他买不到，于是用果汁代替，喝完你很感动，以为这就是爱情，可后来对方抛弃了你，才发现自己想要的还是苹果。

很多人以为有了感动就是爱，别人给你一些关心就有所谓的安全感，但爱不是同情，更不是惯性的依赖。

别以为爱可以将就而轻易勉强自己，别让错误的人浪费了最好的你。

爱情让人迷醉，也让人心碎。恋爱的时候，空气中仿佛弥漫着一个个梦幻泡泡，每个泡泡都映出一幅美丽蓝图；可是当对方离你而去，那些泡泡顷刻间破灭，而你的心也随之碎裂。

"提得起，就要放得下。"这句老话人人都懂，但是在很多时候，人总是太过自信，认为没有什么是提不起的，直到想放也放不下的那天，才惊觉那是你根本提不起的。

其实，你放不下的不是爱情，也不是那个人，而是你因为他勾勒出来的未来与梦想。

当你爱上一个人，他像是你的天，你的心情随着他的阴晴摆荡；他也像是你的地，让你的脚步踩得踏实。

与其说他是你的恋人，倒不如说他就是你的世界。因为有他，世界有了光；因为有他，你拥有了世界。

免不了的，你会开始勾勒未来、勾勒梦想，你会幻想以后你们有一个温馨的小窝，吃过饭后两人一起聊聊天，假日午后沿着河堤手牵手散步，夕阳的余晖温暖地洒在你们身上；甚至会想到未来有两个可爱的孩子，叫你们爸爸妈妈。

这些梦想看似平凡，却也最沉重；看似能轻易拥有，实则总是从指缝间溜走。

不够好，才会那么依赖其他人；不够清醒，才会信任所有耀眼的外衣；不够强大，才会浪费时光去迎合他们的玩闹。何必要怪别人呢？都是自己的错。

一个人只能做自己的梦，当你的梦想需要依赖另一个人的配合才能完成，这个梦想从来就不是你能担在肩上的。

即使你明知这个梦想不是单靠你一人的努力就可以达成，你还是将它视为生命的全部，仿佛因为这些梦想，你的生命才有了意义。

你要知道，生活上依赖别人，又希望得到别人尊重；爱情上依赖别人，又期待别人对你不离不弃，那是注定会受伤的事。

很多时候，当一段不堪重负的恋情走到尽头时，你既回不去，也无法离开那段破碎的恋情；你既提不起也放不下的，是永远不能兑现的梦想。

那些最初的美梦是你的一切，你的心脏为它跳动，却也因为你对梦想的深信不疑，所以失恋不仅仅是失去一场恋情，那伤害已不只是单纯的一个伤口，而是整个世界的崩塌。

即使每个人，包括你自己，都知道要放下，可是你的存在意义已经完全崩溃，根本没有东西握在手中，到底要怎么放下？

就算拼了命地哭泣，也没有办法发泄，因为感觉仿佛天塌了、地陷了、风停了、花也谢了，世界停止了。抬头仰望只是一片黑，脚下的深渊没有尽头，你的灵魂东飘西荡，找不到归宿。

所以，请你不要轻易去依赖一个人或者一项规则，因为依赖会成为你的习惯，当分别或改变来临，你失去的不只是某个人、某种方法，而是你精神的支柱。

无论何时何地，都要学会独立行走，它会让你走得更坦然些。

能 留 能 恋 ，
就 没 有 今 天

天蝎不言爱，明明视你为氧气不可或缺，也非整出一副刀枪不入的样子。

天蝎把自尊心看得比天大，重度精神洁癖，所以不属于自己的东西，他们会毫不犹豫地舍弃，绝不委曲求全去挽留。

很多人说天蝎太冷漠，是块捂不热的石头，可是谁又能看穿他的逞强，他们敢爱敢恨是假，拿得起放不下是真。

太过美好的东西从来都不适合经历，因为一旦经历便无法遗忘；太过年少的爱情从来都不适合追求，因为我们都还走在成长的旅途中。

一场美丽的相遇已是缘尽如烟光落下的薄凉，一场绚丽的开放已是开至尽头的荼蘼。

有些人，只能离开；有些东西，只能放弃；有些记忆，只能埋于心底；有些过去，只能选择遗忘。

能留能恋，就没有今天。

昨天再好，也走不回去；明天再难，也要抬脚继续。没有人能烦扰你，除非你拿别人的言行来烦扰自己；没有放不下的事情，除非你自己不愿意放下。

相逢有相逢的际遇，萍水有萍水的礼数，有些人注定分比缘薄。同在一座城市生活，相遇是在所难免的，没必要咬牙切齿地痛恨前生，否定过去。

笑起来像个孩子，冷起来是个谜

当初选择了他，一定有他的优点吸引了你。人都是自私的，所以天生具备自愈能力和防御机制，时间能抚平一切伤口，问题在于是否留有疤痕，疤痕的深浅大小如何而已。

看透了，也就看开了。

生活中，你和很多人一样，给自己编织了一个"心理牢笼"，别人做得不对，就一味地诅咒、憎恨；自己做错了一丁点儿事情，就念念不忘，责备自己的过失。

有些人总是唠叨自己的坎坷往事，身体疾病，或抱怨自己的不平遭遇和生活苦难；有些人还喜欢把自己不懂的事情塞满脑袋，把一些不相干的事与自己联系在一起，造成不必要的心理障碍。

殊不知，对那些过去的往事、不平的经历，一味地责怪和抱怨是于事无补的。

如果总是对想不通、想不开的事情患得患失，就很容易使自己失去判断力，最后被囚禁的就是自己的整个人生。

别和自己过不去，一切都会过去。别和往事过不去，它已经过去。

我们是唯一能决定自己要受苦多久的人。既然如此，既然决定权在自己，为什么我们总要让自己苦上个十天半个月，甚至好多年还不肯"放下"呢？

这么多年，其实你一直在学习的一件事情，就是不回头。你也终于明白，几乎所有的失去，都是从害怕失去开始的；几乎所有的得到，都是从失去开始的。

我们曾经以为念念不忘的东西，最后却变得面目全非。

时间就像河流，你不可能两次触摸到同样的水，因为已经流逝的将一去不复返。过去的只是经历，何必让它成为永远的负担，幸福还是要继续追寻。

别老想着"以后还来得及"，有一天你会发现，有些人，有些事，真的会来不及。

人生是场繁华与荒芜并存的旅行，冷暖自知，苦乐在心。

过去或成功或失败，或快乐或伤痛，都属于过去。留在昨天的阴影中不肯走出就永远看不到前面的阳光。

我们不该在一日之初、黎明升起之时还背负着昨日的伤痛。

记忆是痛苦的根源。过去的一切都让它随风而逝吧，不要让昨天的伤痛令自己痛悔一生。这个世界上唯一不会变的，就是这个世界随时都在变。

你必须相信时间的力量，所以，请尽快从过去中走出来，释怀过去，总结过去，而不是一天到晚地琢磨着回到过去。

过去的种种，对现在的你已经毫无意义，仰一仰你的头，看看前面崎岖的路，好好地接着前进吧。

有时候你把什么放下了，不是因为突然就舍得了，而是因为期限到了，任性够了，成熟多了，也就知道这一页该翻过去了。

没有人可以回到过去重新开始，但每一个人都可以从现在开始创造全新的未来。

给自己一些时间，原谅做过很多傻事的自己。接受自己，爱自己。过去的都会过去，该来的都在路上。

选择自己所爱的，
爱自己所选择的

天蝎和熟的人腹黑起来是很愉快的，属于"温暖的揭短小能手"类型。冷不丁地给你来一句，不但不会让你觉得下不来台，还能活跃气氛，让大家哈哈一笑就过去了也没人放在心上。天蝎跟熟人开玩笑是非常有分寸的！

天蝎坚强而有韧性，他勇敢地面对失败，他坚持自己的主张，对于他所选择的人或事，有着永不熄灭的热情，于是不管是看他，或是陪他做任何事都很过瘾。

笑起来像个孩子，冷起来是个谜

我不后悔自己做过的每一件事，
包括蒙上双眼相信一个人。
他日，若被万箭穿心，但你要记得，
伤害过后，再无原谅。

不论这个世界终究会变成什么样，请坚信，追寻你的喜欢，坚持你的信仰。没有人可以摧毁你。不要听信别人，也不要试图去改变别人。爱你所爱，不忘初心。

"选你所爱，爱你所选。"每个时刻都可借鉴这句话，因为不去选择和选择放弃也是一种选择。生命太短，不要浪费在无意义的等待上。

以自己喜欢的方式生活，做自己喜欢做的事，宠爱自己，做一个独特的自己才是最重要的。

我们最大的光荣不在于从不等待、从未跌倒，而在于每次等待都是自己心甘情愿的，每次跌倒都能自己站起来。

有时候需要狠狠摔一跤，我们才知道自己站在哪儿；有时候需要耐心地等下去，才知道自己真正想要的是什么。

成长就是这样，痛并快乐着。你得接受这个世界带给你的所有伤害，然后无所畏惧地长大。

你要在感情上成熟，不被伤害一两次，沉痛失恋一下，是无法成熟的。

年少的时候，我们对这个世界有太多美好的想象，亲身参与社会与现实的许多游戏与规则，你才能切身体会这个世界的复杂与单纯，有趣与无奈。

人生最悲催的，当然是逐渐成长为自己讨厌的那种人。那么人生最美好的，自然是变成自己曾经憧憬喜欢的那类人。

我们扮演了太多的角色去讨人喜欢，却终不得愿。不如做最真实的自己，静心等候那个对的人。

因为没人能让所有人满意，所以让你自己和中意的人满意就可以了。你所判定的一切，也许就是你自己内心的投影。

人生就是一个不断接纳和抛弃的过程，就是一段迎接冷眼嘲笑孤独前行的旅途。

请你记住，自己选择的路，跪着也要把它走完。

选择宽容，既要宽容别人，也要宽容自己。时常回想过去的自己，若是会羞耻到无法自拔，就请你顺带着原谅很多的人，因为原谅了他们，也就原谅了过去的那个自己。

怨恨是一杯毒酒，毒杀的是自己的快乐。

你走的每一步都是你自己选择的，别怪任何人。你做的选择，也许错了，你可以遗憾，可以伤感、懊恼，但决不能后悔，因为那是你自己的选择。

所谓的人生大赢家，并不在于你在哪里，做什么，而在于你在自己选择的路上，是否拥有强大的内心，来支持你想要的生活。

追逐一些自己心里喜欢的而且尚未得到的东西，倒不如珍惜自己正在拥有的东西。生活、学习和爱情都一样，都需要我们认真对待，不要因为一点的困难和委屈，就选择放弃，我们应该学会坚持和拼搏。

如果一个人都不懂选择自己所爱的，又怎么会爱自己所选择的呢？如果一个人只会选择，却不会坚持，又怎么会触及成功或幸福呢？

择其所爱，爱其所择。前半句是过去，后半句是余生。

讲真话的最大好处是，
不必记得自己讲过什么

天蝎是撒谎的高手，很少留下破绽。

如果天蝎真有心要骗一个人的话，会先编好，反复确认好几遍，编得自己都相信了，那么可以肯定的是，这个被骗的人，对天蝎而言，是很重要的；如果天蝎无意去骗对方，甚至懒得向这个人撒谎，那么可以肯定，这个人是可以被天蝎忽视的。

天蝎撒谎与否的关键不在于事情的重要性，而在于撒谎的对象是谁——值不值得撒谎。

笑起来像个孩子，冷起来是个谜

不要去欺骗别人，
因为你能骗到的人，
都是相信你的人。

原谅一个人是容易的，但再次信任，就没那么容易。因为暖一颗心需要很多年，而凉一颗心只要一瞬间。

后来你终于知道，对信任自己的人，你永远不再撒谎。对你撒谎的人，你永远别再相信。

人总是这样的矛盾，当你去相信时，被骗得遍体鳞伤；当你习惯性地怀疑时，却偏偏有人那么善良，让你觉得对他们的怀疑，其实是自己的内心肮脏。

所以，只能选择相信别人时，不忘记有原则的提防；被别人欺骗时，绝不放弃对其他人的善良，这样才不会对这个世界彻底失望。

如果有人伤害了你，可以原谅他，但永远不要再相信他。原谅是放过你自己，而盲目信任却只会给他再伤害你的机会。

我们当然可以相信人会改过，但验证的机会就留给别人吧！那些伤害过你的人，放过他们，路过他们，挥挥手，永不再见。

如果有人向你承诺，要相信开口的那一刹那他是真实的，不要怀疑；如果有人背弃承诺，要相信他之前并不知道自己是做不到的，不要苛求。

如果有人欺骗你，要相信他也许只是想保护自己，不要说破；如果有人欺骗自己，要相信他只是还无法承受真相，给他点时间。

其实，每个人都希望对方说实话，但自己绝不说实话。久而久之，已经习惯了谎话连篇的人们，一旦对方说了实话，却往往不敢相信，总觉得对方是不是别有用心。

更为可怕的是，爱撒谎的结果会从"无意撒谎"，到"有意骗人"。开始是害人，最后，连自己也害了，处心积虑地玩了一种所有人都输的游戏。

要知道，信任就像一张纸，有了褶皱后，不管你怎样努力去抚平，都恢复不到原样了，永远不要试图去欺骗别人，因为你能骗到的，都是相信你的人。

笑起来像个孩子，冷起来是个谜

无论是友情还是爱情，都是易碎品，一旦出现过裂缝，便很难恢复原貌；不论是谁对不起谁，那裂缝都如同双面刃，一面伤人，一面伤己。

到最后，你发现说真话容易犯错，便不再说话；你发现愤怒、轻视与得意时都会影响人际关系，便省略表情；你发现手舞足蹈会影响形象，便不再做任何夸张动作。

你终于活得如同一部人类学行为规范，去掉了表情，隐藏了情绪，不带一丝人气，成了橡皮人。

实际上，你来到在这个世上，不是为了给自己省麻烦而活，而是为了成为一个真实的、有血有肉有灵魂的人。而人最大的虚伪，莫过于说的跟想的不一样，做的跟说的又不一样。

只有当一个人强大到一定程度，才会有随心所欲讲真话的底气。

选 择 了 什 么 ，
就 去 承 受 什 么

天蝎常以理性的方式去表达最深刻的感受，这是天蝎座最最独特的地方。

当天蝎座温和而严谨地说出自己的观点时，你往往会被他迷惑，以为他就是那么公正客观，其实他从不知客观为何物。他或许恰巧掌握了真理，也可能完全是一派胡言。

天蝎从来对自己的判断坚信不疑。因为这种坚信不疑的习惯，天蝎对于自己的选择和决定很少反悔。

我一直都弄不明白，
为什么不管做了多么明智合理的选择，
在结果出来之前，谁都无法知道它的对错。
到头来我们被允许做的，只是坚信那个选择，
尽量不后悔而已。

有的人表面风光，暗地里却不知流了多少眼泪；有的人看似生活窘迫，实际上他可能过得潇洒快活。幸福没有标准答案，快乐也不止一条道路。

所以请你收回羡慕别人的目光，反观自己的内心。

自己喜欢的日子，就是最美的日子；适合自己的活法，就是最好的活法。

人生的路，靠自己一步步去走，真正能保护你的，是你的选择。反过来，真正能伤害你的，也是自己的选择。

生活就是做出选择，一旦你做出了你的选择，你就必须活在你的决定中。

容易得到的东西不会长久，能够长久的东西不容易得到。所以，做正确的事不是一件容易的事。无论你遇到什么，无论

你的内心有多挣扎，你总能做出一个选择。

最终，是你的选择成就了你是什么样的人。

耿耿于怀，就是对自己自信的挫败；耿耿于怀，就是自己前进的障碍；耿耿于怀，就是对快乐的伤害。

放弃这些不相干的心灵负累，不要做一个耿耿于怀的弱者，而要做一个宽容的强者。如何选择，就看你怎么生活了。

面对很多选择，我们总是来不及思考。结果不是选择放弃，就是选择遗憾。

也许，经历过耿耿于怀的人，会更清楚、更知道耿耿于怀对自己的伤害。远离耿耿于怀，走好自己的路，这样的生活才是健康快乐的。

耿耿于怀，是人生的一个不良芥蒂。有些人、有些事真的不必耿耿于怀，也不必记恨整个世界。看淡了，一切就变得简单。释怀，就在那么一瞬间。

你要走出柔弱，告别自卑，摆脱依赖，自立自强自信。你还要有自己独立的思想，能够独自对人对事做出判断，能够自己做很多决定，不要一遇到事情就四处问别人的主意，也不要人云亦云，更不要被其他无关紧要人的想法左右。

做自己的自己，就是要学会对自己负责，自己去做决定，自己选择朋友，自己选择要走的人生道路，无论有怎样的结果，你都要对自己负责，不要怨天尤人。

其实每个人都必须对自己负责，也只需要对自己负责，因为你才是自己生活的主人和创造者。

当最绝望的时候来临，你还是有选择的机会，你可以选择变得浮躁，也可以选择想办法改变现状。我们可以选择互相鼓励尝试走出困境，也可以选择一起抱怨、摧毁旁人的希望，让大家一起毁灭。

怎样获得快乐，怎样赢得幸福，本来就是个相当复杂的问题，没有简单的答案。年轻人绝大多数都会经过迷茫期，经过一段在人生的谷底徘徊的时期，而你要做的是想办法走出谷底，而不是期盼谁或者是命运，能够到谷底去把你背出来。

看到别人过得风生水起，就有些心不定了。就像长跑比赛，一开始大家都疯狂跑出去，就你一个人慢吞吞的，就算你不想拿名次，心里也会觉得别扭。但如果总是被外界环境，或者别人的意思所左右的话，你会疲于奔命的。

如果你想好了你想要的，就要心定，坚持自己最初的选择，然后安心做好自己的事情。

后来你终于相信，每一条走上来的路，都有它不得不那样跋涉的理由。每一条要走下去的路，都有它不得不那样选择的方向。

人生如戏，被动去演，就是受折磨，自己导演，就是在享受。

我们可以去体验各种角色，可以变得越来越有灵性和活力，然后用自己的力量，去影响周围积极的变化，并且体验它、适应它！

快乐和痛苦一样，都是自己选择的。不管你选择了什么，就应该去承受，无怨无悔，坚定不移。

笑起来像个孩子，冷起来是个谜

第六辑

怕别人不懂，又怕被人看穿

天蝎的冷酷外表为他们增添了不少的神秘气息，看似复杂难懂，可一旦走近，就会很清楚天蝎只不过是爱恨分明而已。

天蝎愿意为在乎的人付出很多，但也希望对方百分百地对待自己，只要察觉对方的眼神中透露出游离和不安，天蝎就会对对方的一切反应表现出 "过敏" 的症状：怀疑、胆怯、忧虑、不安。而且这些症状会越来越严重。

天蝎做人和做事都有自己的主张和打算，但需要注意的是，太过执着会让天蝎变得辛苦。绞尽脑汁地去争取一件只为了证明自己实力的东西，和放下包袱去怡然地享受生活，哪个更能令你幸福呢？天蝎要记住，学会释然，才是你们寻求幸福的最佳生活方式。

凡 事 都 想 别 人 感 激 ，
那 是 必 然 要 失 望 的

天蝎对友情、爱情有着极高的要求，所以他往往对
感情保持着一定的距离，因为害怕遇到的不是真心
的。可一旦觉得是合适的，就会很用心。与此同
时，天蝎也在不经意间要求对方也像自己一样尽力
对对方好。

那些表面上看起来狠心决绝的人，背地里都快要被
自己折磨疯了。天蝎就是这样。

笑起来像个孩子，冷起来是个谜

与其担心他人不知感恩，
不如不做期待。
真正的快乐，就是抛弃想要别人感激自己的念头，
只享受付出的快乐。

知音，能有一两个已经很好了，实在不必太多。朋友之乐，贵在那份踏实的信赖。

真想就这样对喜欢的人好，不多想，不求结果，没有目的，不问往后。就这样，顺着时间的脉络，日复一日地温柔下去。

不要期望别人来感激你，就算你真的为他付出了很多，也不要抱太大的希望，因为那样注定是会失望的。

不要强迫别人来爱自己，只能努力，让自己成为值得爱的人。其余的事，顺其自然。

得不到回报的付出，要懂得适可而止，否则，打扰了别人伤了自己；得不到感动的给予，要懂得适可而止，否则，辜负了别人也会辜负了自己。

在年纪轻轻的时候，我们要养成不怕被辜负的心态，因为长长的一生中，难免会遇到很多你努力却没有结果的事情。既

然这是一定会遇到的，那么就做好要吃亏的准备，然后用心甘情愿的态度去爱、去生活。

大雨过后有两种人：一种人抬头看天，看到的是雨后彩虹，蓝天白云；一种人低头看地，看到的是淤泥积水，艰难绝望。你看，心态有时候比努力重要多了。

所以，别干那种在机场等船，在码头等飞机的事，不是别人让你失望，而是你抱错了期望。

不论是友情还是爱情，能跟你一辈子的人就是理解你的过去，相信你的未来，并包容你的现在的人。

做个开心的人，开心到别人看到你也会变得开心。

唯有你愿意去相信，才能得到你想相信的。对的人终究会遇上，美好的人终究会遇到，只要让自己足够美好。努力让自己独立坚强，这样才能有底气告诉自己爱的人，"我很好，值得你去拥有"。

心怀挚爱的人，才走不成陌路。人间万般情，但凡能相逢的，都是因为各自成长成为正好的人。

世间的一切都早有安排，只是时机没到时，你就不能领会，而到了能够让你领会的那一刹那，就是你的缘分了。不多也不少，不早也不迟，才能在刚好的时刻里说出刚好的话，结成刚好的缘。

人生没有什么事情是给别人做的，所有的努力都是你自己的选择，所有的荣耀和耻辱、成长和眼泪都由自己来担。

你不必光芒万丈，也不必有什么特殊的意义，你只需要做那个小小的你，然后去变成熟，变强大。

曾经在某一瞬间，你以为自己长大了。但是有一天，你终于发现，长大的含义除了控制欲望，还有勇气、责任、坚强以及某种必要的牺牲。

到后来，你才知道，长大的表现是平静。平静才是最好的状态，无论是平静地拼尽全力付出，还是平静地等待劳而无功的结果。

世界上最美好的词语是"我愿意"，因为但凡是自己愿意的，一切事情都可以变得简单而美好。

因为你要过好现在的生活，所以你要告诉自己"我愿意放下过去"。因为你再也回不去了，你不可能再有一个童年，再有一个初中，再有一个初恋。

每个人的性格中，都有某些无法让人接受的部分；每个人的生活里，都有自己不甘心的一角。可是，唯有愿意放弃才不会苦，唯有适度知足才不会悔。

愿你成为一个美好的人，愿你所有的付出，都变成你的心愿；愿你所有的经历，都变成你成长的礼物。

故事发生在别人身上是故事，发生在自己身上，就是命运了。不能原谅的，说了原谅也不会原谅；能原谅的，不说原谅也会原谅。关键是自己愿不愿意。

你看到的我，
只是我想让你看到的

你们不觉得天蝎可爱，是因为没被天蝎爱过，他们浑身是刺，只对着最爱的人露出柔软的肚皮。

天蝎是个个性很突出的星座，敢爱敢恨，执着却又多变，什么神秘复杂的词语都无法完整深刻地描绘出米。

善于隐藏悲伤、伪装快乐是天蝎与生俱来的能力，但假装不痛就能真的不痛吗？假装快乐就真的快乐吗？如果你真的在乎天蝎，请用心去了解他。

你看到的那个人，只是他想让你看到的那个样子；同样，别人看到的那个你，也只是你想让别人看到的那个你。

你会把最最真实的自己呈现在懂你的人面前，而把伪装的自己放在"只是认识"的人面前。

一生之中，能够遇到一个懂你的人便是最大的幸福。

懂一个人，是了解你成功背后的艰辛，是清楚你坚强背后的不屈。懂你的人，也许不在身边，但一定在心里在生命里；也许默默不语，但一定在关注着你守候着你。

在懂你的人面前，你能找到那道避开你的目光，以及那个假装不在乎的表情，其实他最在乎你。

世界上唯独骗不了的是"在乎一个人"的心，它总在人没有提防时暴露出他的欢喜与忧愁。

你要知道，真正了解你的人，是在当别人都对你的笑容信以为真的时候，他能看得见你眼里的痛。

在不懂你的人面前，你则可以活得一如既往地骄傲、冷漠，又或者一如既往地保持微笑，或沉默。

你觉得，这个不懂你的人最好不要靠近你，因为你自认为自己是一个喜怒无常的人。

你知道，这个人不了解你在哪一刻就会发脾气，也不会理解你在哪一瞬间的傻笑。你觉得他接受不了，哪怕他能接受，可他仍然不会懂你。

因为他只是认识你，知道你的名字而已。

他认识你的时候，你已是日趋成熟的年纪，他没有见过你和男生成群结队去翻墙爬树的样子。

他认识你的时候，你已经蓄了很久的长发，他没有见过你剪成一层一层的短发，在食堂让大家目瞪口呆的样子。

他认识你的时候，你已经可以照顾自己，心情不好就做家务，手洗各种衣服，他不知道从前的你不会洗袜子，从没拖过地。

他认识你的时候，你知道替别人着想、习惯倾听，从不打断别人的说话，他没有经历过你武断专横、不听任何人解释、我行我素的岁月。

他认识你的时候，你脾气收敛，从不大声骂人，他不会知道原来的你生气时摔东西、撕字条泄愤。

他认识你的时候，你理性、友好、克制、习惯微笑，他没有见过你情绪崩溃，哭到喘不过气，甚至没有见过你撒娇的样子。

他认识你的时候，你已经是这个样子，是个符合或者不符合他想法的成品，他再也无法参与你的成长，不能看到你从不懂事到懂事，从不温柔到温柔。

所以，他认识的、喜欢的终究只是半个你。他不能理解你各种奇怪的忌讳，不能明白你对着一首老歌、一种场景发呆，无法理解你的坚持、放弃、隐忍、等待。

你看，当别人说你看起来总是那么平静与淡然，只有你和旁边静默不语的那个"懂你的人"心里知道，而今的平静与淡然是用多少眼泪学回来的。此时此刻的波澜不惊，又曾被多少波澜淹没过。

生命中所有的挫折与伤痛、所有的经历，都是为了造就你和锻炼你。生命中所有遇到的人和感情，都是为了帮你甄选，陪你成长。所以，不要总说岁月残忍，它其实温柔了你。

就像你永远不知道在别人嘴中的你会有多少版本，也不会知道别人为了维护自己而说过什么去诋毁你，更无法阻止那些不切实际的闲话。

但你依旧能够选择美好的活法：你能做的就是置之不理，没必要去解释澄清，了解你的人永远信你、站在你的这一边。

因为，那些真正在乎你的人，是不会从别人嘴里去认识你的。

怕 别 人 不 懂，
又 怕 被 人 看 穿

天蝎在难过的时候，不想让别人过分担心，除了觉得自己能处理自己的情绪外，还有就是死要面子。天蝎觉得因为一点小事崩溃，太丢人了，所以他轻易不透露真实的情绪，当然对特别亲近的人除外。

天蝎怕被人欺骗、利用，所以表面都会装得很世故、现实、冷漠、清高，其实内心早已溃不成军。如果你想弄懂天蝎，你只要反方向理解天蝎的意思就可以了。

笑起来像个孩子，冷起来是个谜

別人稍一注意你，你就敞开心扉，
你觉得这是坦率，其实这是孤独。

当别人认定了你是错的，就算你冷静地解释了，也会越描越黑，还会被认为是在狡辩。不解释却只能吃哑巴亏，会被解读为心虚。

如果你为此生气发飙了，那就更加不得了，再有理也会变成错。当别人对你万般地误会时，你只能暂且默默忍受。

只要做好自己的本分，用实力证明自己，时间会为你说话。

就算，你没穿过情侣装，没和喜欢的人放过礼花，没有和一个人恋爱超过一年，没人说离开了你就活不了，没人失去你会觉得是失去全世界……

就算，你没做过让别人羡慕的事情，也没有人做过让你感动得流眼泪的事情，更没人在一句“我难受”的时候，接一句“你在哪，马上到”……

就算，没人在误会你的时候为你说句公道话……

但是，你终究会慢慢地学会接受，接受意外，接受变故，接受误会，接受努力了却得不到回报，接受社会的现实和人性的弱点。但这并不代表你妥协了，你依然会去努力，去爱。朝着这个目标前进，因为你还相信梦想，相信奇迹。

在没人知道自己付出的时候，不要表白；在没人懂得自己价值的时候，不要炫耀；在没人欣赏自己才能的时候，不要气馁；在没人理解自己志趣的时候，不要困惑。

被人理解是幸运的，不被理解也未必不幸。

做人低调一点，你会一次比一次稳健；做事高调一点，你会一次比一次优秀。成熟不是心变老，而是当眼泪在眼睛里打转时，却还保持微笑。

在每次曙光破晓前，一定是快要窒息的长夜；在每次荣光到来前，一定有太多狼狈的时刻。所以，在每个快要放弃的时刻，记得对自己说：要加油，不要哭。生命从一开始就在倒计时，不要让匆忙的放弃，空空地耗费掉生命的燃料。

别站在你的角度看别人，你看不懂。这个世界不是所有的人都懂你，被不懂的人误解无须争辩，你只需选择沉默；有时被最爱的人误解，我们难过到不想争辩，也只有选择沉默。

生命中往往有很多无言以对的时刻。不是所有的是非都能辩明，不是所有的纠葛都能理清，有时沉默就是我们最好的回答和诠释。

有些误会，越解释，误会越深。

每个人都是独立的个体，真的没有谁离开谁就活不下去的情况。不要太高估自己在集体中的力量，因为当你选择离开时，就会发现即使没有你，太阳照常升起。

有时候人与人之间会因为经历、背景、阅历、不同文化等而产生误解甚至冲突，心怀善意，努力化解，化解不了，避而远之。世界有时候是很大的，而胸怀也要宽大一些为好。

人和人可以靠得很近，可是谁也没办法打开对方的心房看看他到底怎么想，于是，大概都是凭借自己的猜测、推断去行事，所以，误会是人生的主旋律。

如果别人误会了你，那是别人的错，但别人还是接受不了"你不停地说反话和他对抗，以表达你对他的强烈不满"，这样只会把问题越弄越糟糕。如果你用平和或调侃的态度让别人明白，是他误会了你，那别人多数会加倍地忏悔并改正。

简而言之，别人是错了，但你不能因为别人的错就以错来对别人，最终彼此错上加错。

不要把你的自信建立在感情上。有人爱是好事，没人爱也不代表不够好，因为每个人终究会遇到一个合适的恋人，无非是早些和晚些的区别。

所以一个人的自信应该建立在自己身上。当你相信自己有多好时，你就是有多好。因为最美的人生并不是别人怎么看，而是你自己怎么看。

请记住，你无法永远成为让别人满意的那个自己，可如果坚持做喜欢的自己，终会遇见喜欢你的人。其实到最后，我们都是在寻找同类，就像溪流汇入江海，光束拥抱彩虹。

时间就像一张网，你撒在哪里，收获就在哪里。收敛自己的脾气，经常要保持沉默，因为冲动会做下让自己无法挽回的事情。也许，路并没有错，错的只是时间，爱并没有错，错的只是缘分。

能够说出口的，
便不算心事

天蝎座控制情绪的本领无人能及，很少会情绪崩
溃，倒也不是说天蝎不会，而是天蝎通常不会让你
看出来，更不会说出来。

天蝎希望跟特定的人彼此看好，而最怕到头来发现
原来自己看好的人，一点也不看好自己。在面对合
定自己能力这种事的时候，天蝎总是很少解释，而
是咬牙暗自努力。

能够说出的委屈，便不算委屈；
能够抢走的爱人，便不算爱人。

别总因为迁就别人而委屈自己，这个世界没几个人值得你总弯腰。弯腰的时间久了，只会让人习惯于你的低姿态，你的不重要。你终有一天，要骄傲地屹立于人群之中，让过往的所有委屈，都变得值得。

计较得太多就成了一种羁绊，迷失得太久便成了一种痛苦。过多地在乎会减少人生的乐趣，看淡了一切也就多了几分生命的释然。

即使生活有一千个理由让你哭，你也要找到一个理由让自己笑，因为这就是人生。

能哭出来的时候多半是好得差不多了，憋着忍着不哭假装没事儿的时候才最委屈。

不说出委屈，就只能委屈自己，不放走不爱你的人，就得不到爱你的人。

笑起来像个孩子，冷起来是个谜

只有有人在意，你心里的委屈才算得上委屈，害怕才是真的害怕。如果没人理解，那你的委屈和害怕便是矫情。

其实，委屈就像卡在喉咙里的鱼刺，要么吐出来，要么自己咽进去。

如果你觉得委屈了，别解释。懂你的人，不需要你解释；不懂你的人，你不需要解释。

如果你觉得委屈了，别哭泣。因为眼泪流下，滑落到嘴角时是咸的。

如果你觉得委屈了，买点一直想吃却没吃的零食，找个清凉的小亭，吃到自己满足。

如果你觉得委屈了，别跟自己过不去。在傍晚的时候散散步，看看天，轻拂的风可以冲淡烦恼。

如果你觉得委屈了，看个开心点的电影，看看电影里的人物是怎样面对生活的。

如果你觉得委屈了，别怪别人。没有谁故意跟谁过不去，有时，他也只是不小心或者不了解。

如果你觉得委屈了，那就放声大笑，笑一笑十年少，十年之后，谁还记得当年的委屈呢。

如果你觉得委屈了，跟你最贴心的好朋友诉说一下，别闷在心里，压抑久了，会生病的。

如果你觉得委屈了，不要到处哭喊着博取同情，别人的同情太廉价，能珍惜你的只有你自己。

如果你觉得委屈了，实在忍不住了，只给自己放一滴眼泪的假，擦干眼泪的时候，忘记委屈。

如果你觉得委屈了，自己蹲下来，抱一抱自己。

你觉得委屈，有时候是因为别人拿走了你引以为傲的唯一资本。

所以，当你觉得委屈时，别浪费时间去打量这个世界是否公平。而是要让自己拥有得足够多，让自己不断地强大，这样，别人想要对你不公平，也无从下手了。

更何况，随着你拥有的足够多，他们会自然而然地退出你的生活，因为你已经甩出他们太远，他们已经追不上你了。

人生在世，注定要受许多委屈。而一个人越是成功，他所遭受的委屈也越多。

要使自己的生命获得价值和色彩，就不能太在乎委屈，不能让它们揪紧你的心灵、扰乱你的生活。要学会一笑置之，要学会超然待之，要学会转化势能。

智者懂得隐忍，原谅周围的那些人，在宽容中壮大自己。

生活不是用来妥协的，你退缩得越多，让你喘息的空间就越少；日子不是用来将就的，你表现得越卑微，一些幸福的东西就会离你越远。

在有些事中，无须把自己摆得太低，属于你的要积极地争取；在有些人前，不必一而再地容忍，不能让别人践踏你的底线。只有挺直了腰板，世界给你的回馈才会多点。

当你的善良、付出、真诚受到委屈的时候，请记得对自己说这样一句话：善良要留给那些懂得感恩的人，付出要留给有价值的事情，真诚要给另一颗真诚的心，而不是那种将你的善良、付出、真诚接受得理所应当，且会欲求不满、得寸进尺的人。

容忍的人其实并不笨，
只是宁可对自己残忍

天蝎的优势在于，对于别有用心的人，能够一眼看穿，并完全做到视若无睹。

也许在别人自鸣得意时，天蝎想的是"不和这种人一般见识！"

你看，天蝎就是这样的心态，清高地忍让，忧郁地承受，却酷得干脆利落，宛如一位高超的剑客，不是不敢过招，只是你非对手。

笑起来像个孩子，冷起来是个谜

心软就是把刀递给别人捅自己，
还要对他说声谢谢。

你最大的优点是心软，最大的缺点也必然是心软。

你对劈腿的人心软，就是对自己的心狠；你对伤害你的人心软，就是对人生的心狠。其实，你对一次次的伤害心软，就是对自己伤口的心狠。

做人善良是好的，但要记住，善良只配给那些对你好的人。有时候心狠一点，是救你自己一命。

在你看来，爱，就是比谁更心软。

你觉得在感情面前，其他的一切条件也就都注定是附属配件。你觉得真挚的感情，唯有在柔软的地方才可茂密生长。

你也相信，真情一定会让人心软。但凡跟心软毫无关系的情，都只是些假象而已。

你觉得，爱的另一个名字，叫作"妥协"。

可是他不正是仗着你对他心软，才会这么肆无忌惮的吗？也正是因为如此，你的爱，如此劳心费力、苦不堪言。

你之所以爱得太累，主要源于你过于敏感又太心软。

如果你习惯了不该习惯的习惯，那只会变成不堪；如果你在乎了不该在乎的，那就是作践。不要对无视你的人心软，更不要向不疼你的人求可怜。

你要知道，不论是友情，还是爱情，真的来不得半点心软。用心软泡出来的感情，就像用丝线把风铃挂到悬崖边，看似温馨，稍有不慎，就摔得粉身碎骨。

男生都是孩子，需要用一生时间来长大。女生都想当孩子，最擅长的角色却是妈妈。

于是恋爱一开始，变成了两个孩子之间的游戏，到后来，成了大人和孩子之间的游戏。

恋爱这回事，总要有一个人先长大，对另一半多些包容和宠溺。而通常来看：谁更心软，谁就先长大。

对于重感情的人来说，有时候心软也是一种病。当你对别人下不了手的时候，你就不得不对自己下手。

心软，在我们的潜意识里或许都把它理解成为一种善良。但当一个人经历了太多的心软后，就会发现心软并不是善良，而是对自己的一种残忍。

笑起来像个孩子，冷起来是个谜

其实，有很多时候，我们的善良并不被人理解，反而会让对方对你的伤害反复多次，以为你的心软是好欺负，以为你的心软是因为你的无能。

更有些人恣意挥霍你对他的善良，从未想过你的真正感爱，以为这是他们应该在你这里享有的。

在这社会上，有多少人，又有多少事都只是因为这二字，以至于无法得到解决，又有多少事还在因为你们的心软而打着持久战！

还有多少的男男女女们，因为你们的心软而徘徊在情感的痛苦深渊里。因为你们的心软而不忍放弃你们应该放弃的，因为心软而无法摆脱影响着你正常生活的事与物。

记忆被时间绑架，回忆被心软美化，最终只留下了那个人的好。于是，你的心软变成了一种不公平的善良，因为它只会让心软的你受到伤害。

有时口是心非，明明说着算了吧，却心里暗自疼痛。不是不介意，而是很在乎。可是又能怎样，想得太多，也不影响自己已经是多余的事实。

　　一路走来，我们用善良喂了不少不知感恩的人，却被别人当成了傻子。

　　人生是如此短暂，你要对身边每个人好一点，你觉得你自己聪明，别人也并不傻。有时候你可以装傻，但不要让别人以为你真傻。

　　当然了，也不要因为别人心软就肆无忌惮，欺骗和背叛永远是最招人痛恨的。

　　每个人都有底线，心软只是因为别人心好，等到哪天人家心狠了，你就算把心掏出来跪着，只怕也是为时已晚。

越 简 单 越 快 乐

天蝎的心隐藏得很深，还带有神秘色彩，并且复杂多变。很少有人能够猜透天蝎的内心，可虽然天蝎难以被掌控，却吸引着周围的人想要去了解，想要去走近。

天蝎的复杂的特点不仅仅体现在多变上，还呈现在爱胡思乱想上。其实，考虑得再多、再全面、再持久，也不会换来一个十全十美的答案。

对天蝎而言，生活需要更简单一些，那样也会快乐许多。

简单的东西不一定是最好的，
但最好的东西一定是简单的。

　　青春，一场盛世的繁华，愿不倾城，不倾国，只倾我所有。只为过简单安稳的生活，单纯而平凡。一支素笔，一杯花茶，一段时光，浅笑又安然。

　　生活简单就迷人，人心简单就幸福。

　　从今天起，你要做一个简单而幸福的人。不沉溺幻想，不庸人自扰，不浪费时间，不沉迷过去，不恐惧将来。

　　其实，人最好的状态是，脸上看起来比实际年龄年轻三五岁，心理比实际年龄成熟三五岁。而越是看起来极简单的人，越是内心极丰盛的人。反而是内心空白的人，才装出一脸世故。

　　很多人都曾担心"学不会心计"怎么办？其实，简单到极致，也是一种"心计"。

　　面对诱惑，我们都只顾着追逐得到的快乐，而忘了考虑自己是否能承担背后的代价。这么简单的道理，我们总是明白得太晚。

笑起来像个孩子，冷起来是个谜

不要怨世间的诱惑太多，只能怪我们不懂拒绝。很多时候，不懂拒绝的人，往往都是伤了别人为难了自己。拒绝，也是越简单越好。回复"我帮不上你，不行，不可以"就足够了。

人际交往，简单明了有时最恰当。很多时候，心里明明不是那样想的，却控制不了自己而说出相反的话。究竟是我们太执着于所谓的自尊，还是我们都已经习惯了口是心非。

如果我们不喜欢别人对我们说的话，我们可以径直走开；如果我们不喜欢我们对自己所说的，我们是无法径直离开的。

因此，若你即将在所有的时间和自己相处，不妨善待自己，顺从自己的内心，而非违背自己的本意。跟随我们的内心，不久我们会感激自己。我们每个人都应该是自己最好的朋友。

享受爱情，越简单越好。不好的爱情让人变成疯子，好的爱情让人变成傻子，最好的爱情让人变成孩子。

感情有时是件降低智商的事，却有多少人傻傻地乐此不疲。别以为这是坏事，傻孩子们，越简单的才越长久。

追逐幸福，越简单越好。世上没有绝对幸福的人，你感觉幸福，它就幸福。

与其用怨恨的心看世界，不如用快乐的心经历人生；与其用诅咒的心来看人间，不如用欣赏的心来生活。

拥有一颗快乐的心，你见到的都是草长莺飞；心中满是忧伤，你见到的就都是肃杀凋零。

尽量简化你的生活，你会发现那些平时被忽略的，才是最美的风景。

很多事，不是你想，就能做到的。很多东西，不是你要，就能得到的。很多人，不是你留，就能留住的。

不要把什么都看得那么重。人生最怕什么都想计较，却又什么都抓不牢。失去的风景，走散的人，等不来的渴望，全都住在缘分的尽头。

生活越简单，人生越有味。人生有许多东西是可以放下的。只有放得下，才能拿得起。

缘分来自真情，占有并非拥有。人活一世，与世间万事万物都有深深浅浅的缘分，爱人伴侣、名车豪宅，甚至一只手表一件衣物都如此。占有并不是拥有，最美好的缘分，从来都来自真情。

如果不是真心真性，即便再美好的缘分，也会随风而逝，不能长久。

情因真而贵，物因人而贵。珍惜拥有，才不会辜负了缘分！

有人说，生活是一种享受；有人说，生活是一种无奈。其实，生活有享受也有无奈，有欣慰也有困惑。生活就像一枚青果，你含在嘴里慢慢品，细细嚼，便有诸多滋味在你舌尖蔓延，也甜，也酸，也苦，也涩。

生活中的很多烦恼，就是源于我们不能体谅，过分在意了自己的主张，互不理解，互不相让，伤了彼此的心灵。

生活，其实可以很简单。很多时候，就是一种体谅，一种理解。

天 使 能 够 飞 翔 ，
是 因 为 把 自 己 看 得 很 轻

天蝎的自尊心很强，忍受不了别人对他的轻视。

天蝎喜欢前往一个受重视的工作环境，然后努力使自己成为举足轻重的角色；他期待一份受重视的感情，然后努力使自己成为对方不可或缺的人。然而，由于自尊心强，所以天蝎难免有时候也让人感到难以接近。其实，看轻自己一些，会轻松很多。

笑起来像个孩子，冷起来是个谜

看清，然后看轻，
找回最初的自己。

总觉得别人把你看轻了，实则是你把自己看重了。但凡有分量的人，都懂得拿捏"轻重"：一人独处时，看重自己；与人相处时，别把自己看得太重。

所谓长大，就是把原本看重的东西看轻一点，原本看轻的东西看重一点。

很多时候，我们视为刻骨铭心的记忆，而别人却早已忘记，与其纠结于心，不如看淡、看轻。

年少轻狂的你肯定听过年长者给的类似这样的忠告："人生的路上，要多把自己看轻些！"

你对此也许曾充满了疑惑：年纪轻轻、未来一片美好的自己，为什么要当作泥土，而不是珍珠？

因为把自己当作珍珠，就会有被埋没的痛苦。如果在一个群体里，老把自己看得太重，别人不仅不会接受，反而会轻看你，无论你的角色是否真的重要。

自认怀才不遇的人，往往看不到别人的优秀；愤世嫉俗的人，往往看不到世界的精彩；只有看轻自己并不断否定自己的人，才能够不断地汲取教训、加强自身修炼，才会为别人的成功而欣喜，为自己的善解人意而自得，才会在各种挫折面前心安理得。

当你从困惑中走出来时，你会发现，看轻自我，其实是一种多么难得的境界：超凡脱俗，淡泊平和。

年轻的时候，若能在能力有限时藏住锋芒，在尚未成功时沉得住气去努力，那必定会成长为了不得的人。

看轻自我，其实是在寻找一种勃发的力量。

你的谦卑，为大家所折服，他们乐意在你的旗帜下歌唱；你的柔弱，为大家所同情，他们愿意倾其所有，助你强盛。

越是看轻自我，越易被人看重，越易展现自我。韬光养晦，是做上等人的情怀。

看轻自我的人总是很知足，对获得的成功珍惜有加。

看轻自己，这并非消极，而是一种聪明的处世哲学。

笑起来像个孩子，冷起来是个谜

别太把自己当回事，我们才能轻装上阵，没有任何负担地踏上新的征程。

看轻自己，我们才能于复杂多变的人际交往中从容不迫，游刃有余。

学会看轻自己，即使木秀于林，也能与风共舞。

一个人可以自信，但不要自大；可以狂放，但不能狂妄。

不把自己看得太重，其实是一种修养，一种风度。用这种心态做人，可以使自己更健康，更大度；用这种心态做事，可以使生活更轻松，更踏实；用这种心态处世，可以让身边的人更喜欢与你相处。因为看轻，所以快乐；因为看淡，所以幸福。

我们都是天地的过客，很多事，我们都做不了主。你越想抓牢的，往往是离开你最快的。人生，看轻看淡多少，痛苦就远离你多少。

图书在版编目(CIP)数据

笑起来像个孩子，冷起来是个谜 / 林小仙著 . — 北京：现代出版社，2017.9

ISBN 978-7-5143-6430-9

Ⅰ . ①笑… Ⅱ . ①林… Ⅲ . ①散文集 – 中国 – 当代 Ⅳ . ①I267

中国版本图书馆 CIP 数据核字（2017）第 238952 号

笑起来像个孩子，冷起来是个谜

著　　者	林小仙	
责任编辑	赵海燕　　毕椿岚	
出版发行	现代出版社	
通信地址	北京市安定门外安华里 504 号	
邮政编码	100011	
电　　话	010-64267325　64245264　（传真）	
网　　址	www.1980xd.com	
电子邮箱	xiandai@vip.sina.com	
印　　刷	吉林省吉广国际广告股份有限公司	
开　　本	880×1230　1/32	
字　　数	132 千字	
印　　张	7.5	
版　　次	2018 年 2 月第 1 版　2018 年 5 月第 2 次印刷	
书　　号	ISBN 978-7-5143-6430-9	
定　　价	38.00 元